[著] グリゴリ
[ill.] 山椒魚
見捨てられた
万能者は、
やがてどん底から
成り上がる 3

MAIN CHARACTER
登場人物紹介
クロード
本作の主人公。
超器用貧乏なジョブ
「万能者」である事を
理由にパーティを
追放された。
レイア
雌のシルバーフェンリル。
オークに襲われている
ところをクロードに
助けられた。
ナビー
クロードの参謀役の
女の子。元はレベルアップを
告げるだけの概念だったが、
彼に体を与えられた。

アイリ
魔法が得意な「賢者」。
『銀狼の牙』の
ムードメーカー。
ベロニカ
没落した貴族家の長女。
借金を返済するため
冒険者をしている。
マルティ
『銀狼の牙』に所属する「聖女」。
優しい性格だが、
怒らせると怖い。
五つ子狼
レイアの子供達。
性格も能力もバラバラだが、
みんなお母さんが大好き。

第一章　王城パーティーとスタンピード襲来編《しゅうらいへん》2

クロードがクリエール王国最強のSランクパーティ『銀狼《ぎんろう》の牙《きば》』を追放され、二年あまりが経過した。

彼が追い出される理由となった超《ちょう》器《き》用貧乏《ようびんぼう》なジョブ『万能者《ばんのうしゃ》』。これは一定の動作を複数回行う事でスキルや魔法を習得出来る特別なジョブだった。

クロードは『万能者』を進化させ、さらなる力を身に付ける。

そして、シルバーフェンリルのレイアやその子供である五つ子狼《おおかみ》達、レベルアップアナウンスが肉体を得た存在である少女——ナビーといった頼れる仲間と共に、冒険者パーティ『天《てん》の祝福《しゅくふく》』を結成。

各地で活躍してAランクパーティとなり、勇者パーティの候補となったのだった。

ところが、勇者パーティ候補として王城のパーティーへ招かれた『天の祝福』のもとに、モンスターの大群が四つのダンジョンを出て王都に迫っているとの急報が舞《ま》い込む。

『銀狼の牙』のリーダーだったシリウスが捕まり、彼の『魅了《みりょう》の魔眼《まがん》』による支配を解かれたかつてのパーティメンバー、ケイト、マルティ、アイリと一緒に、クロードは王都の窮地《きゅうち》を救うべく動き出したのだった。

＊＊＊

王城の会議室を出たクロードは、五つ子狼達を亜空間《あくうかん》から出し、『銀狼の牙』の面々に紹介した。

現在、王都には東西南北全ての方角からモンスターが迫ってきており、『天の祝福』、シリウスが抜けた『銀狼の牙』、そして王国の騎士団と魔法師団で撃退《げきたい》していく事になる。

夜を徹《てつ》しての戦いになるだろう。

クロードはそれぞれの配置に就《つ》く仲間達と別れ、レイアと五つ子狼の一匹、ボロを連れて担当場所へ向かっていった。

クロード達が南門に着くと、既に到着していた騎士団と魔法師団の兵士達が慌ただしく働いていた。王都の外から順に第一、第二、第三の防衛ラインを敷《し》き、南門を最終防衛ラインとするつもりのようだ。

クロードは南門防衛の責任者達がいるという天幕に向かった。

責任者の代表は第三騎士団の団長だ。

クロードがどこでモンスターの大群を迎え撃てば良いか聞くと、男は面倒くさそうな顔をした。

「おお、これは、これは、小汚《こぎたな》いお邪魔虫《じゃまむし》の冒険者とその従魔《じゅうま》ではないか。やれやれ、今回の討伐戦、我々騎士団と魔法師団だけで事足りるというのに、こんな冒険者に救援を頼むなど……国王陛下はいったい何を考えておられるのか。私には理解出来んよ」

嫌味を言い、南門の指揮官はさらに続ける。

「おっと、どこに行けば良いかだったな。お前達は我々エリートの邪魔でしかない。この最終防衛ラインである南門の端《はし》っこで、指をくわえて我々の雄姿《ゆうし》を見ているが良い。ではまたな」

南門の指揮官は、クロード達を天幕から追い出した。

『あの者は何様のつもりなのでしょうか。わたくし達は国王に頭を下げられたからこの戦いに参加するというのに、あまりにも失礼な態度です。それにどうでも良い事ですが、国王の事も馬鹿にしていると思います。主《あるじ》様もそう思いませんか？』

「そうだね。あの物言いはいささか不愉快《ふゆかい》だね。まあ良いさ、最初は彼らだけで戦ってもらおう。彼らの実力ではモンスターの大群を抑えきれないだろうから必ず助けを求めてくると思うし、それまでは高みの見物といこう」

『念話』を使って怒りを伝えてくるレイアを宥《なだ》めながら、クロードは南門の端に移動した。

『はあ〜、みんなのところはどうなっているでしょうか。わたくし達と同じ対応をされていないと良いのですが。特に東門の防衛を担当するマールさんなんかは、あんな態度を取られたらもう戦わないなんて言い出しそうです』

「はは、まあ大丈夫じゃないかな。向こうの指揮官は騎士団長だから、ここの指揮官のような尊大《そんだい》な態度は取らないと思う。さあ、俺達の出番が来るまでテントの中で寛《くつろ》いでいよう」

　クロードはテントを取り出し、中に入る。

『さあ、ボロもテントに入りますよ』

『は〜い、ママ。主様、オレ、お腹が空《す》いちゃった。中で何か食べて良い？』

「そうだね……俺達の出番が来るまでそれ程時間はかからないと思うから、何か簡単な物でも作ろうか」

『やった。じゃあ、早く早く！』

　クロードがキッチンで軽食を作り始めると、魔法が着弾したかのような音が遠くから聞こえてきた。

「お、どうやら第一防衛ラインで戦闘が始まったようだね。敵も王都まではまだ距離があるんだろう。よし、特製のオムレツが出来たよ。今のうちに食べちゃおう」

　クロード達がオムレツを食べている間にも、戦闘音はどんどん大きくなっていく。次第にモンス

ター達の雄叫《おたけ》びも聞こえてきた。

そんな中でもクロード達に動揺はない。

オムレツを食べ続けているとテントの入り口が勢いよく開き、あの失礼な男――南門の指揮官が入ってきた。

彼は真《ま》っ直《す》ぐクロードに近づき、料理を載《の》せていたテーブルを蹴《け》り倒した。そして命令してくる。

「何を呑気《のんき》にオムレツなんて食ってやがるんだ。さっさと外に出て最前線に行ってこい。お前達のようなゴミに出来るのは、前線に立って我々エリートの盾《たて》になる事くらいだろうが。オラオラ、さっさとしないか」

先程とは真逆の事を言い、南門の指揮官はクロード達をテントから追い出した。辺りを見回して、口元をニヤリと歪《ゆが》める。

南門の指揮官はテントを出ると、クロードに言い放った。

「このテントは中々の品のようだな。お前には勿体《もったい》ないから、エリート中のエリートであるこの私がもらってやろう。ありがたく思うと良い」

そう言ってテントを奪うと、南門の指揮官は天幕へ戻っていった。

クロードとレイア、ボロは一般の兵士達に連れられて、第二防衛ラインにやって来た。空には月が昇《のぼ》っているが、魔法でそこかしこに明かりが灯《とも》されている。

　そこから見える第一防衛ラインはまさに地獄絵図《じごくえず》で、至るところに兵士の死体が転がっていた。

そして、遺体《いたい》を踏みつけながらモンスターが進軍している。

「これはまた凄い有様だな。最初っから俺達を戦場に出しておけば良かったのに、自分達だけで戦功をあげたいって欲張《よくば》るからこんな事になるんだよ。はあ～、この戦いが終わった後が面倒くさそうだな。あの指揮官、絶対に何か言ってくるに違いない。俺達がモンスターを倒したって、どうせ自分の手柄にしようとするだろうしね。はあ～……」

『主様のおっしゃる通り、本当に人間って面倒くさいですね。あ、南門を飛び出して、誰かが走ってきますよ。こちらに手を振っていますが、誰でしょうか？』

「んん、本当だ。誰だろ？　見た事がない女性だけど」

　クロードとレイアがそんな話をしているうちに、見知らぬ女性は第二防衛ラインまでやって来た。

そのままクロードに駆け寄り、声をかけてくる。

「お久しぶりです、クロードさん。二年程前に王都で顔を合わせて以来ですね」

「ええ？　あなたとは初対面だと思いますが……」

「ああ、あの時は変装《へんそう》をしていたんでした。ちょっと待っていてくださいね」

謎《なぞ》の女性が右手の中指に指輪をはめた。すると、外見がみるみるうちに変化していく。

やがて女性は、追放されたクロードの代わりに『銀狼の牙』に加入した男――アレックスの姿になった。

「え、えええ!? ア、アレックスさんですよね? で、でも今さっきまで女の人だったのに。え、どういう事、いったいどうなっているんだ?」

混乱のあまり頭を抱えて唸《うな》るクロードに、アレックスが事情を説明する。

「私は王国の諜報《ちょうほう》機関《きかん》に所属している諜報員なのです。『銀狼の牙』が勇者パーティ候補として相応《ふさわ》しいか見極めるため、かつての私は国王陛下の命でパーティに潜入《せんにゅう》する事になりました。クロードさん、あなたと入れ替わる形でね。しかし、迷宮都市ゴルドで、リーダーのシリウスにパーティから追放されてしまいまして」

そこで一度言葉を区切り、アレックスは頭を下げた。

「私はケイトさん達がシリウスの『魅了の魔眼』に洗脳されている真実を知りながら、何もしてあげられませんでした。そしてクロードさん、あなたにも。シリウスからあなたを追放する計画を聞かされていたにもかかわらず、真の目的のために利用してしまったのです。スキル『魔眼《まがん》』シリーズには隠蔽《いんぺい》効果《こうか》が存在します。彼が本当に『魔眼』持ちなのか、確かめるのに時間がかかってしまって。上司に相談しつつ、ケイトさん達を救うためにどう動くべきか悩んでいるうちに、パーティを追い出されてしまい……」

「そうだったんですか」

クロードがアレックスの話に聞き入っていると、レイアが割り込んできた。

『あの、お話し中のところ申し訳ないのですが、モンスターの大群がこちらに迫ってきております。いかがいたしましょうか』

レイアに促《うなが》されてクロードとアレックスが前方を見ると、モンスターの大群があと数百メートルの距離まで迫っていた。

「アレックスさん、話はまた今度にしましょう。まずはモンスター達を一匹残らず殲滅《せんめつ》しないと」

「そうですね。それと、私の本当の名前はエルリナと言います。これからはそちらで呼んでください、クロードさん」

アレックス改めエルリナは、中指にはめた指輪を外して女性の姿に戻った。

クロードとレイア、ボロは兵士達の支援に向かったエルリナと別れ、一万は下らないらしいモンスターの大群に向かっていった。

＊＊＊

クロード達がモンスターの大群と相対していた頃——

龍王国《りゅうおうこく》の元女王で現在はクロードの従魔であるエンシェントドラゴンのマールは、五つ子狼のレイ、『聖女《せいじょ》』のジョブを持つマルティと共に、東門の最終防衛ラインからモンスターの大群を観察していた。

「わたくし、これだけの数のモンスターを見るのは初めてですわ。『一万体はいる』と聞きましたが、こんなに多いんですのね」

マルティは唾《つば》を呑《の》み込み、緊張した様子で言う。人化していたマールがその呟きに答えた。

「マルティ、お主《ぬし》が緊張するのも当然の事。わしでさえこのような大群を見たのは、三百年以上生きてきて一度だけじゃ。その時はＢランク以下のモンスターしかいなかったが、今回はＡランク以上の高ランクモンスターもちらほらと見て取れる。ちと気合を入れて事に当たらないといけないかもしれないのじゃ」

二人がモンスターの大群を見ながら話していると、天幕から東門の指揮官である騎士団長がやって来た。

「マール殿、マルティ殿、今回の討伐作戦にご協力いただき、誠《まこと》にありがとうございました。正直に申しまして、あれ程の数のモンスターは我々騎士団と魔法師団では対応しきれないと考えております。あの大群の多くをあなた方に任せてしまう事になりましょうが、何卒よろしくお願いいたします」

「うむ、わかったのじゃ。わしも味方が散らばっていない方が大技を撃てるというもの。初撃はわしがブレスを放つ。それだけであの大群の半分程は消し飛ばす事が出来るはずじゃ。残りの半分はわしとレイでゆっくり倒して回るとするかの。騎士団と魔法師団は討ち漏《も》らしたモンスターの討伐を、マルティはわしとレイ、兵士達の回復を任せる。心してかかるのじゃぞ」

「はい。皆様の手伝いは、わたくしにお任せくださいまし」

『うちもいっぱいモンスター倒してくるから、戦いが終わったら頭を撫《な》でてくれる？　マルティ』

レイが口を挟《はさ》むと、マルティは首を傾《かし》げた。

「わたくしでよろしいのですか？　クロードさんに撫でてもらった方が、レイさんとしては嬉しいんじゃありませんの？」

『勿論《もちろん》そうだけど、マルティにも撫でてもらいたいの。それと、もう一つ。この戦場に来るまでの間に、うちの事はレイちゃんって呼んでって言ったじゃん。ちゃんと呼んでくれないと、うち、怒っちゃうよ』

「わかりましたわ。それじゃあ、攻撃はマールさんとレイちゃんにお願いしますわね」

「うむ、任せるのじゃ」

『うん。ドンと任せてよ』

マールとレイは、モンスターを蹴散らすべく第一防衛ラインに向かって歩き出した。

＊＊＊

クロード達とマール達がそれぞれ王都の南門と東門でモンスターを迎え撃っていた頃、時を同じくして西門でも防衛戦が始まろうとしていた。

西門の第二防衛ライン。

騎士団駐屯《ちゅうとん》地《ち》にある会議用の大天幕には、クロードの幼《おさな》馴《な》染《じみ》であり『剣聖《けんせい》』のケイト、『天の祝福』の一員であるベロニカ、五つ子狼のリサの姿があった。

西門の指揮官である魔法師団長が、ケイト達に作戦を伝える。

「それでは、ケイト殿、ベロニカ殿、大物はあなた達にお任せする事になる。必然的に最前線で戦ってもらう事になるが……我々魔法師団も騎士団も最善を尽くそう。王都を守るため、どうかよろしく頼む」

魔法師団長は深々と頭を下げた。

「団長殿、頭を上げてくれ。私達はこれから共に戦う戦友だ。そのようにかしこまられては困る。こちらにはそういう態度に慣れていない者もいるからな」

ベロニカはそう言うと、自分達のそばで大人しくお座りして話し合いが終わるのを待っていたリサを見た。

魔法師団長はベロニカの視線を追ってリサを見て、そのあまりにも可愛らしい姿につい疑問を口にする。

「そ、その……先程から控《ひか》えているウルフは、本当に強いのか？　この可愛い見た目からはとても想像がつかないのだが、戦場に出しても大丈夫なのか？」

すると、今まで黙《だま》っていたリサが声を上げた。

『あたくしの愛くるしさを理解出来た事は褒《ほ》めてあげる。けど、あたくしの強さを疑われるのは、大変心外ですわね。まあ、その間違った認識も、数分後には覆《くつがえ》っているのでしょうけれど』

それだけ言い、リサは頬《ほほ》を膨《ふく》らませてプイッとそっぽを向いてしまう。

「ははは、どうやら怒らせてしまったようだな。そこまで言うのなら実力を信じよう。それでは、ケイト殿、ベロニカ殿、そしてリサ殿、改めてよろしく」

魔法師団長は苦笑すると、外で待機している部隊に指示を出すべく天幕を出ていった。

＊＊＊

場所は変わり、王都の北門防衛ラインの最前線。そこには、共に戦う者達に指示を出しているナビーと『賢者《けんじゃ》』のアイリ、その手伝いをする五つ子狼の二匹――イリアとハロがいた。

「そこの魔法士と騎士、ちょっとこっちに来てちょうだい」

アイリが近くにいた魔法士と騎士に声をかける。声をかけられた二人は「いったいなんなんだ」と怪訝《けげん》な顔をしながら、アイリのそばにやって来た。

一人が尋ねる。

「お呼びでしょうか、賢者様。なんなりとお申し付けください」

「ええ。あなた達がここの指揮を執《と》る隊長達……という認識で合っているかしら」

「はい」

「そう。それじゃあ、各部隊の隊員達に伝えておいてもらいたい事があるの。開戦して直《す》ぐ、ナビーがあなた達に攻撃力上昇、防御力上昇、速度上昇、魔力強化の支援魔法をかけるわ。たまに急に自分が強くなった事に驚いてパニックを起こしちゃう人がいるから、ちゃんと言っておいてね」

「はい。わかりました。ただちに隊員全員に通達いたします」

隊長達は頷き合い、急いでその場を去っていった。

伝達を終えたアイリとナビーは、イリアとハロを連れてこれから戦場となる平原を一望する事が出来る第三防衛ラインの高台まで下がった。迫り来る一万ものモンスターの大群を観察する。

ナビー達が戦場の様子を窺《うかが》い始めてから三十分程が経過した頃、平原の奥の方で土煙《つちけむり》が見えた。

走ってきた偵察班《ていさつはん》の隊員は、モンスターの大群が第一防衛ラインに近づいてきた事を報告する。

「わかりました。では、手筈《てはず》通りにいきましょう。各部隊に戦闘準備をするように伝えてください」

「はっ、承知しました」

ナビーは報告に来た偵察班の隊員と近くにいた騎士に指示を出し、支援魔法の発動準備に取りかかった。

やがて、最前線の騎士達がモンスターの大群に向かって駆け出していく。魔法師団の魔法士はモンスターに攻撃魔法を撃ち込むべく、構えを取った。

ナビーはそんな彼らに一斉に支援魔法をかける。

騎士団と魔法師団全員にバフをかけ終えたナビーは、アイリとイリア、ハロを連れて第一防衛ラインを目指して移動を開始した。

あっという間にナビー達は目的地に到着した。

そのまま最前線に突っ込んでいくナビー、イリア、ハロと別れ、アイリは魔法師団に合流する。

そして、モンスターの大群目がけて攻撃魔法を放つ。

「第三魔法部隊、あなた達だけ前に出すぎているから周りと足並みを揃《そろ》えて。第二魔法部隊と第五魔法部隊は、最前線で戦っている騎士達にさらに支援魔法をかけてちょうだい。その他の部隊は攻撃魔法を継続して撃ち込みつつ、騎士達の援護をしなさい。では、行動開始！」

アイリの指示を受けた魔法士達は、与えられた役割を果たすために各自準備に取りかかった。

一方、最前線に向かったナビーとイリア、ハロは、モンスターの大群からおよそ百メートル程の距離まで接近していた。

「イリア、ハロ、準備は良いですね？」

『ええ、いつでも突っ込めるわよ』

『おいらもいつでも行けるよ。戦闘支援はおいらに任せてよ！』

「ええ、お二人ともよろしくお願いしますね。では、参りましょう」

ナビーとイリアを前衛に、後ろをハロが追随《ついずい》する形でモンスターの大群へ近づいていく。

まず、ナビーはオリハルコンの剣に、イリアは自らの爪《つめ》に少量の魔力を纏《まと》わせた。そして魔力の性質をナビーは火に、イリアは風に変えて、大群の最前列にいるモンスター達を切りつける。

ナビー達が放った火と風の斬撃《ざんげき》は融合《ゆうごう》し、巨大な炎の竜巻《たつまき》となってモンスターの大群を襲った。

炎の竜巻は次々とモンスター達を吸い上げて塵《ちり》へ変えていく。

　ナビーとイリアがモンスターを蹴散らす隣では、ハロが土魔法の『アースウォール』を発動して周囲の守りを固めていた。敵の攻撃をかいくぐり、ハロはナビー達に襲いかかろうとするモンスターを岩魔法の『ロックバレット』で的確に撃ち抜いていく。

「あら、初動は中々良い感じですね。イリア、これから群れの中に突っ込みますが、準備は良いですか？　ハロは今まで通りに土魔法と岩魔法でサポートを行ってください。攻撃は余裕があったらで構いませんからね」

『ええ、わかったわ。私のこの爪でモンスターどもを蹴散らしてあげるわ』

『うん。おいらも頑張っちゃうよ！』

「ええ、二人とも頼りにしていますよ。では、突撃します！」

『『わかった（わ）』』

　真っ先にモンスターの群れに飛び込み、ナビーはオリハルコンの剣を振るう。イリアは自慢の鋭く頑丈な爪と牙で、群れの先頭にいるモンスターに飛びかかった。ウルフ系、ボア系、ベア系の低ランクモンスターを蹴散らしていく。

　ハロは二人の背中を守りながら、自らも魔法と爪、牙を使って適度にモンスター達を倒していった。

ナビー達が戦う一方で――

魔法師団と共にモンスターを後方から攻撃していたアイリは、魔力がすっからかんになっていた。肩で息をしながらも手持ちの魔力回復ポーションを何本も飲み、なんとか魔力を回復させる。

そして、後方を魔法師団に任せ、前線に向かったナビー達と合流する事にしたのだった。

「ナビー達、だいぶ暴《あば》れたわね」

最前線には色々な種類のモンスターの屍《しかばね》が至るところに転がっていた。

「とりあえず三人と合流しないと」

アイリはモンスターの死体が転がる戦場を歩き、ナビー達を探す。

しばらく進むと、遠くの方から戦闘音が聞こえてきた。

「音がするのは……こっちかしら？」

アイリはだんだんと大きくなる戦闘音を頼りに、ナビー達の居場所を探る。

やがて多くのモンスター達に囲まれながらも、何者かが戦っている光景が見えてきた。

「ちょっと遠目にはわかりにくいけど……たぶん、あれがナビー達ね」

ナビーと思われる人影を目視したアイリは、自身の足に風魔法の『ウィンド』をかけてその場に急いだ。

ナビーとイリア、ハロはここまでの激しい戦闘によって魔力枯渇《まりょくこかつ》状態に陥《おちい》りながらも、今なお必死に戦っていた。

「はっ、はっ……ちょっと最初っから飛ばしすぎてしまいました。そろそろ後方に下がって魔力を回復したいところですが、そのためには私達を囲むモンスターの包囲網をどうにかしないといけません」

ナビーが自分達を囲い込んで殺そうとするモンスター達をどうやって突破するか考えていると、視界の端にハロに攻撃を仕掛けようとしている数体のモンスターの姿を捉えた。

ハロはどうやら背後のモンスターに気付いていないようだ。ナビーが慌てて危険を伝えようとした瞬間、突然強風が吹き、ハロの後ろにいた敵を空中へと舞い上げた。そこに大量の風の刃《やいば》が殺到《さっとう》し、モンスターを切り刻む。

ナビーは突然の出来事に驚き、咄嗟《とっさ》に自分の背後を振り返った。するとそこには、苦しそうにお腹をさすりつつこちらへ歩いてくるアイリがいた。

「ア、アイリさん、応援に来てくれたのですね。危うくハロが怪我をしてしまうところだったので、助かりました。ありがとうございます。それで……そんなに苦しそうにお腹をさすってどうしたのですか？」

ナビーが心配そうな顔をして聞くと、アイリはばつの悪そうな顔をして口を開く。

「後方で魔法を撃ちまくっちゃって……魔力回復ポーションでお腹いっぱいで、気持ち悪いのよ。ぶっちゃけて言うと、今にも吐きそうなくらい」

アイリは苦笑いを浮かべた。そしてこちらを攻撃しようと窺っているモンスター達を一瞥《いちべつ》し、ナビーとイリア、ハロに話しかける。

「……ってわけだから、お腹に溜《た》まったポーションを消化するためにも、この場は私が引き受けるわ。だから、今のうちに魔力を回復してきなさい。そのくらいの時間稼ぎなら、私一人でも余裕だから」

「そうですか。それではお言葉に甘えさせていただきます……アイリさん、あまり無茶はしないでくださいね。危ないと思ったら躊躇《ためら》わず、直ぐに引いてください。私達も急いで戻ってきますので」

「ええ、わかったわ」

「わふわふ」

鳴き声を上げたハロとイリアを見て、アイリは首を傾げる。

「この子達、今なんて言ったのかしら？」

「……『アイリお姉ちゃん、気を付けてね』って言っていますよ」

「そうなの。ナビー、『心配しなくても大丈夫よ』って通訳してくれるかしら？」

「その必要はありません。この子達は言葉を理解していますから、アイリさんの言葉はちゃんと伝わっていますよ」

「それなら良いわ。さあ、早く行きなさい」

アイリにこの場を預け、ナビー達は後方へ下がっていった。


最前線に一人残ったアイリは、ナビー達がここに戻ってくるまでの時間を稼ぐため、あらゆる魔法を駆使《くし》して戦っていた。

「それにしてもキリがないわね。いったいあと何体いるのよ、モンスターは……魔法をいくら撃っても絶《た》え間なく湧《わ》いてくるし」

そうぼやきながらも、アイリは懸命に攻撃魔法を撃つ。

「はあああ……『フレイムゲイル』！　『ロックブラスト』『ウィンドカッター』！　『ブリザードストーム』!!　はっ、はっ、やばいわね。また魔力が枯渇しそう。ナビー達はまだかしら？」

魔力枯渇が間近に迫り、アイリは初級火魔法と初級風魔法を組み合わせた複合魔法『ファイアウィンド』を使って魔力を節約しつつ、敵を倒すのではなく、時間稼ぎに専念する事にした。

『ファイアウィンド』を使ってから十数分後。いよいよアイリの魔力が枯渇するかと思われたその時、遂に待ちに待った人物が現れた。

「お待たせしました、アイリさん、おかげさまで魔力も体力も十分に回復出来ました」

「やっと戻ってきたわね、あなた達。私は魔力が尽きたから、また魔力回復ポーションを飲んでくるわ。魔力が回復したら直ぐ戦闘に戻るから、あなた達で先に戦っていてちょうだい」

「わかりました。あまり急がなくて良いですからね」

ナビーはアイリを気遣うと、イリアとハロを連れてモンスターを薙《な》ぎ倒していった。


魔力回復ポーションを飲み、アイリは直ぐに戦闘に復帰した。色々な中級の攻撃魔法を駆使し、残りのモンスターを駆逐《くちく》していく。

四人の活躍で、北門を目指していたモンスターの大群は掃討《そうとう》された。

「ふう、やっと終わったわね。途方もない数のモンスターだったわ」

「ええ、全くですね。少し休んだら、手分けして他のところを手伝いに行きましょう」

「そうね。どこに行こうかしら」

「私とハロがケイトさんのいる西門に向かいます。アイリさんは、イリアと一緒にマールさんのところ——東門へ行ってください」

「わかったわ。でも、クロードがいる南門に加勢しなくて大丈夫？」

「マスターなら平気ですよ。とても強いですから」

ナビーがそう答えた時だった。

ナビー達のそばで休んでいたハロとイリアの体がまばゆい光に包まれる。

「こ、これは、どうしたの？　この子達は大丈夫なの？」

突然の出来事にパニックになり、アイリは慌ててナビーに聞いた。

「これは進化の前兆ですから、心配しなくて大丈夫です。それにしても、この子達はいったいどのような種族に進化するのでしょうか。とても興味深いです」

イリアとハロが輝《かがや》き出してから数分すると、徐々に光が収まってきた。

そして光が完全に消えた後、そこにいたのは先程までとは全く異なる姿になったイリアとハロだった。

イリアは体が二回り程大きくなり、体を覆うように風を纏っていた。強い風が土埃《つちぼこり》を巻き上げているが、不思議な事に直ぐ近くにいるナビーとアイリ、ハロには風の影響はない。また、進化前に比べると毛並みがやや緑みがかっていた。

ハロも進化前より体が大きくなり、額に巨大な一本の角が生えていた。毛の色も灰色に変わっている。

「あら、二人とも随分大きくなりましたね。なんて種族なのかしら？　二人ともちょっと『鑑定《かんてい》』

しますよ」

　ナビーはハロとイリアに『鑑定』をかけた。

【名　前】ハロ
【種　族】ガイアウルフ
【名　前】イリア
【種　族】テンペストウルフ

「ガイアウルフとテンペストウルフですか。聞いた事がありませんが、アイリさんは何かご存じですか？」

「ナ、ナビー、あなた何を言っているのよ!?　どっちの種族もAランク上位の危険指定魔獣じゃないの！　あなた達、とんでもない種族に進化したわね。まあ、味方なら心強いけど」

「あ」

　鑑定結果を確認していたナビーが何故か目を丸くした。アイリは不安そうに尋ねる。

「ど、どうしたのよ。ナビー」

「あ、いいえ。実は、この子達が人化のスキルを獲得していたんです。だから驚いてしまって……」

「え、本当なの？　良かったじゃない、あなた達」

「「わふわふ」」

イリアとハロは声を揃えて返事をした。

「ナビー、二人はなんて言っているの？」

「……『これでやっとアイリさんとお話しする事が出来るね』だそうです」

「ふふふ、そうね」

微笑むアイリを見て、ナビーはニヤッと笑う。

「……と、こうして通訳してみせましたが、本当は必要ないんです。この子達、最初っから話す事が出来ますからね」

「え、そうだったの？」

「ええ、もともと『念話《ねんわ》』が使えたので……アイリさん、からかわれましたね。さて、十分休みましたから、そろそろ移動しましょうか」

「そうね……それにしても私、からかわれていたのね。まあ良いけど。それじゃあ、また後で」

そして、ナビーとハロは西の戦場へ、アイリとイリアは東の戦場を目指して歩き出した。

＊＊＊

西の戦場ではケイトとベロニカ、リサが最前線でドラゴンや巨人、獣などが混在するモンスターの群れと戦っていた。

前衛はケイトが担当し、ベロニカは盾役として敵の注意を引きつつ防御を担う。リサは遊撃《ゆうげき》としてあっちこっちでモンスターの群れに大きな被害を与えていた。

「くっ、巨人種の攻撃が重すぎる。あたいだけじゃ、Ｂランクまでの巨人種の攻撃しか受けきれない。それ以上のランクが出てきたら、押さえられないよ」

ハイトロールの打撃になんとか耐えながら、ベロニカは焦りを口にした。その時、突如として彼女の横を灰色の何かが通り過ぎていった。

次の瞬間、モンスター達が作っていた肉壁の一部が吹き飛ぶ。

突然の出来事に動揺したのか、ベロニカが押さえ込んでいたハイトロールに僅《わず》かな隙《すき》が生じる。

ベロニカはそれを見逃さず、ハイトロールに攻撃を仕掛けた。

「仕方ない。魔石は惜しいが、こいつの再生能力を上回る速度の攻撃はあたいじゃ出来ないからね」

ベロニカはハイトロールの胸の辺りにある魔石めがけて、躊躇いなく剣を突き入れる。

ハイトロールは直ぐに動かなくなった。

敵を倒したベロニカは先程自分の横を通り過ぎていった物体の正体を確認しようと、前方に目を凝《こ》らす。そこには、体長二メートル五十センチ程の灰色の体毛をしたウルフがたたずんでいた。

「な、なんだ、あのウルフは。内包している魔力の量が半端ないぞ」

「あれはハロですよ。北門側での戦いを終え、ガイアウルフに進化したんです」

「ナビー!?　来てくれたのか。それにしても……ハロは王城で別れた時とは全く姿が違うな。まあ、変わらず可愛い顔立ちだが」

「ええ、そうですね。全てにおいて同意します」

ベロニカとナビーが話し込んでいると、ケイトとリサがやって来た。さらにハロも合流する。

ケイトが小声で尋ねる。

「ベロニカさん、この灰色のウルフはあなた達の仲間なのか？　……ん、ナビーさんもいるが、北の戦場はどうしたのだ？」

「ケイトさん達の救援に来たんですよ。北の戦場は制圧しました。それと、この子はハロですよ。イリアと一緒に進化したんです。イリアはアイリさんと東の戦場に向かってもらっています」

「そうだったのか。ハロ、警戒してしまってすまなかった」

『別に良いよ。あまり気にしてないし、体毛や大きさが変わったら人間にはわからないものだしね』

「皆さん、話している暇《ひま》はないみたいですよ。敵がまた前進してきました。Ｃ、Ｂランクのモンスターはケイトさんとベロニカさん、リサでほとんど倒していたみたいですね。残りはもうＡランクばかりです。最後方から、モンスターではない何者かの気配を感じるのが不安ですが……皆さん、もうひと踏ん張りといきましょう」

群れの奥の方で控えていたＡランク上位のモンスター達が前進を始める。それを目視したナビーが再び口を開く。

「皆さんの素《す》のステータスでは、Ａランク上位のモンスター達には力が及ばないと思います。だから、私が支援魔法をかけます」

「そうだね、ナビー。あたい達にあんたのありったけの支援魔法をかけてくれ。それでたぶん、なんとか出来ると思う」

ベロニカの分析で今後の方針が決まった。一行は早速行動を開始する。

ナビーは支援魔法の身体能力超上昇、攻撃力超上昇、防御力超上昇、素早さ超上昇を一人一人にかけ、能力値を何倍にも向上させた。各々《おのおの》がモンスターの群れに向かっていく。

「おお、なんとなく普段の三倍くらいまで力が跳ね上がった感じがするな。これならＡランク上位どころか、Sランクモンスターもいけるんじゃないか？」

「ああ、ナビーの支援魔法はかなり効果的だからな。本当に彼女がここに来てくれて良かったよ。クロードの支援魔法がこれよりもっと凄いから、普段は霞《かす》んでしまっているんだ」

ケイトとベロニカはナビーの支援魔法の力を肌《はだ》で感じながら、モンスターの群れへ突っ込んだ。

ケイトは愛剣、聖剣《せいけん》アロンダイトを握《にぎ》り、眼前に迫ったAランクモンスターを同時に五体も切り飛ばした。

「良いな。いつもよりも体がよく動く。支援魔法の有無でこんなにも違うものなのか」

ケイトはいつになく体が動かしやすい事が楽しくて、ついウキウキしてしまった。

（ナビーさんでこれなら、クロードの支援魔法はいったいどれ程の効果を発揮するのだろう。この先の人生で、私が彼に支援魔法をかけてもらう機会は果たしてあるのだろうか。今までクロードと一緒に旅をしてきたナビーさん達が少し羨《うらや》ましいな）

そんな事を考えながら、ケイトはアロンダイトを中段に構える。そして、目の前に立ちはだかる一つ目の巨人……Aランク上位のモンスター、サイクロプスに切りかかった。

「はっ！　くっ、流石にAランク上位のモンスターだけあって頑丈だな。これは本気を出さないと勝てないか」

ケイトはサイクロプスから一度距離を取り、目を閉じて深呼吸をした。「『剣聖《けんせい》の舞《まい》』」と呟き、目をかっと見開く。

『剣聖』が持つスキルの一つである『剣聖の舞』を発動したケイトの周囲に、銀色のオーラが立ち上った。

オーラはアロンダイトをも覆い、切れ味と耐久力を向上させる。ケイトは再度サイクロプスに切りかかった。

両者が拮抗《きっこう》していたのは数分間だけだった。ケイトの剣がサイクロプスの脇腹《わきばら》を切り裂《さ》き、サイクロプスは大地に片膝《かたひざ》をつく。

「よし、ここで畳《たた》みかける。聖剣術秘伝剣技『魔《ま》虎《こ》一閃《いっせん》』！　はっ！」

ケイトが『魔虎一閃』を繰り出したと同時に、アロンダイトを覆っていたオーラが黒き大虎《おおとら》の形に変化した。

そして片膝をついて動かないサイクロプスに襲いかかる。

黒き大虎が通り過ぎた後には、上半身と下半身を真《ま》っ二《ぷた》つにされて絶命したサイクロプスの姿があった。

アロンダイトを振り下ろし静止した状態のケイトが微笑む。

「ふっ、私のアロンダイトで切れぬものなし。は〜……今のかっこいいところ、クロードに見てもらいたかったな〜」

ケイトはそう呟き、次の獲物《えもの》を求めてその場を離れた。

一方のベロニカは、まだまばらに残っているBランクのモンスター達を一体一体確実に倒していた。

その様子を取り巻きのBランクモンスター達の奥にいるAランク上位の獣型モンスター、ブラッドホーンヴァッファローがずっと睨みつけてくる。

「ああああっ、もうなんなのだ、あのブラッドホーンヴァッファローは！　さっきからずっとあたいの事ばかり睨んできて、鬱陶《うっとう》しい。あたいに何か恨みでもあるのか？」

ベロニカはブラッドホーンヴァッファローの前にいたBランクのモンスターを全て倒すと、ミスリルの剣を中段に構え、ミスリルの大盾を前面に持つ。そして、ブラッドホーンヴァッファロー目がけて駆け出した。

ブラッドホーンヴァッファローはBランクモンスターであった弟を殺され、ベロニカに並々ならぬ恨みを抱いていた。

もちろん、ここが戦場だという事は理解している。戦場で死ぬのは仕方がない事も。

しかし、理性では理解出来ていても本能は違う。

ブラッドホーンヴァッファローは突っ込んでくる憎《にく》きベロニカを見て、攻撃を仕掛ける事にした。

雄叫びを上げ、ベロニカ目がけて突進する。

急な攻勢を避ける事が出来ず、ベロニカは咄嗟にミスリルの大盾を地面に突き刺して固定した。

そして、大盾を両手でしっかりと握りしめブラッドホーンヴァッファローの突進を受け止めた。

「ぐおおおお！　はっ、流石、上位のAランクモンスター。力が尋常《じんじょう》ではないな。ナビーに支援魔法をかけてもらってなかったら、今の一撃で吹っ飛ばされていたところだ」

ベロニカはブラッドホーンヴァッファローの突進で崩された体勢を整えつつ、大盾を地面から引き抜いて構え直した。

「次はこちらからいくぞ」

体勢を整えたベロニカはブラッドホーンヴァッファローの側面に回り込んだ。そして渾身《こんしん》の一撃『シールドバッシュ』を叩き込む。

「グッガアアアアア」

ブラッドホーンヴァッファローは口から血を吐き、苦痛の叫びを上げながら数メートル吹き飛ばされた。その場で倒れ込む。

「まだまだ、終わらねえぞ」

ベロニカは苦しみもがいて中々立ち上がれずにいる相手に追撃を仕掛ける。

「はっ、『スラッシュ』『スラッシュ』『インパクト』！」

ベロニカが放った攻撃により、遂にブラッドホーンヴァッファローは絶命した。

「ふう、ふう……中々手強《てごわ》い相手だった。少し魔力を消費しすぎたな」

ベロニカはポーチから魔力回復ポーションを取り出して一気に飲み干すと、その場を立ち去るのだった。

＊＊＊

ベロニカがブラッドホーンヴァッファローを倒していた頃、東の戦場にアイリとイリアが到着した。ここにはエンシェントドラゴンのマールがいたため、有利な状況で戦いを進めていた。

王都クエールを目指していた巨人達は、人化を解いてエンシェントドラゴンへ変化したマール、そして五つ子狼のレイと聖女のマルティによるサポートに大苦戦しながら、少しずつ前進しようとする。

しかし、そんな巨人達のもとに突如、全てを吹き飛ばすような暴風と多種多様な魔法が雨のように襲いかかった。

『ん、なんじゃあの暴風と魔法は？　いったい誰が撃ったのじゃ』

突然の事に驚き、マールが動きを止めると背後から声がかかった。

「中々押しているじゃない。でも、マールさんだけだと大変だろうし、イリアと私の魔法でみんなの援護をしてあげるわ。そうすればマールさんがもっと前線に出られるでしょ」

アイリの声だった。

『なんじゃ。お前達であったか。確かに、わしも前に出て戦えるのなら楽にこの戦場を蹂躙《じゅうりん》出来る。が、覚醒《かくせい》した真の賢者ならともかく、お主はまだ賢者見習いのようなものじゃろう。Ｂランクならいざ知らず、Ａランクのモンスターにお主の魔法は通用するのかのう？』

「ええ、その辺りは問題ないわ。ナビーにかけてもらった支援魔法がまだ効いているから。ナビー曰《いわ》く、あと五時間くらいは効果が続くみたい」

『そうか、ではこれでこちらがさらに有利になったのじゃ。先程レイが進化してのう。Ａランクモンスターのインフェルノウルフになったのじゃ。前線で戦っているイリアを見るに、どうやらそちらも進化したみたいだしのう。こちらには優秀な回復役もいる事だし、楽勝なのじゃ。お主にかかっている支援魔法の効果が切れる前にかたを付けるとするかのう』

「優秀な回復役だなんて恐縮です」

マールに褒められ、マルティは謙遜《けんそん》する。

「へえ、イリアが進化したってよくわかったわね……って、あれだけ姿が変われば一目瞭然《いちもくりょうぜん》か。イリアはテンペストウルフになったのよ。無論、Ａランクのモンスターよ。マルティ、マールさんに褒めてもらえて良かったわね。さてと、それじゃあ行きますか」

アイリのかけ声と同時に、マールは前に飛び出した。

翼《つばさ》を羽ばたかせたマールは、巨人の群れの奥に見えるＳＳランクのモンスター——ギガントサイクロプス目がけて飛んでいく。

レイとイリアは、群れの最前列で重たい体を引きずるように歩いてくるトロールナイトなどのＡランクモンスターを中心に倒すつもりのようだ。

アイリは勝手に先行していってしまったマールの後ろ姿を見つめて愚痴《ぐち》を言いつつも、ファイアドラゴンの角で作られた愛杖《あいじょう》のレッドホーンを片手に構えた。

マルティが負傷した兵達がいる治療テントに残るので、テントを守れるようにと前には出すぎない。

そして、先行するマール達を援護するために炎魔法『ボルカニッククレイン』の準備を始めた。

アイリが炎魔法『ボルカニッククレイン』を準備している間にマルティは、治療テントに入った。

ここにはモンスター達との戦闘で負傷してしまった兵士や魔法士達が多い。マルティは治療を試みる。

「皆さん、このテントは安全ですから、安心して治療を受けてください。テントの周辺は私の仲間のアイリさんが守っています。王都に迫ってきているモンスターの群れも他の仲間が殲滅しているところですから、しばらく辛抱《しんぼう》してくださいね」

　負傷してテントに運ばれてきていた兵士達に言い聞かせていると、突然外からけたたましい爆発音がいくつも聞こえてきた。

　マルティが様子を確認するためにテントの外へ出ると、まだ夜中だというのに空が夕焼けのように赤く染まっている。空に浮かんだ無数の巨大な炎の玉が、モンスターの群れへ降り注いでいるのだ。

「な、なんです。あの炎の流星群は!?」

　マルティが赤い空から降り注ぐ炎の玉に困惑していると、前方からアイリがやって来て声をかけてくる。

「あれは私の魔法だよ。こちらの仲間には当たらないように調整してあるから。マルティがいる治療テントにもぶつからないようにしたし、全く心配ないよ」

「そうですか、アイリさんの魔法でしたか。それにしても、あのような強力な魔法を使えたんですね。今まで見た事がありませんでしたが」

「ああ、それはそうよ。この魔法を使えるようになったのはつい最近だからね。この魔法はスキル『炎魔法』の中級魔法なんだけど、習得するのに『賢者』の私でも一ヶ月もかかったんだから。凄い難易度なのよ」

アイリがとても誇《ほこ》らしそうに話す。そして近くにいた治癒士《ちゆし》から魔力回復ポーションをもらい、一気に飲み干した。

「ふう～、よし、魔力の回復完了っと。それじゃあ、私はまた魔法を撃ってくるから、治療の方は任せたわよ」

「ええ、任せてください。絶対に誰も死なせませんから」

マルティの言葉を聞き、アイリは満足げな表情で戦いへ戻っていった。

その後ろ姿を見送ったマルティは、まだまだ続々と負傷者が運ばれてくる治療テントへ戻る。

テントに入ると、中には先程よりも多くの怪我人がいた。

「皆さん、ただいま戻りました。直ぐに治療を再開します。重傷者は何人増えましたか？　わたくしは重傷者を優先して診《み》ますから、教えてください」

そう問われた治癒士の女性は、マルティを重傷者が集められている別のテントへ連れていった。

「聖女様、ここが重傷者を集めているテントです。怪我人が多く、まだ応急処置までしか出来ておりません。あとはお願い出来ますでしょうか」

そこは四肢《しし》を欠損したり、重度のやけどを負ったり、猛毒《もうどく》に侵《おか》されたりした負傷者達で埋め尽くされていた。

「わかりました。しかし、ここまで患者の数が多いと、わたくしの魔力では足りません。ですので、軽傷者を診ている治癒士の皆さんから、支障が出ない程度に魔力回復ポーションを分けてもらってきていただけませんか？　それと、わたくしの手伝いをしてくれる人を集めてください。わたくしだけでこの人数を治すとなると、手遅れになる患者が出てきてしまいそうですから」

「はい、ただちにご用意いたします」

「お願いしますね。わたくしは先に治療を始めています」

マルティは急いでテントを出ていった治癒士を見送り、手始めに近くにいた四肢を欠損し、モンスターの毒に苦しむ女性騎士を診る事にしたのだった。

＊＊＊

時間は少し巻き戻る。前線に飛び出していったマールとレイ、イリアは勢いを止める事なくモンスター達を蹂躙していた。

上空から強大な魔力を感じたマールはモンスターを倒すのを中断し、空を見上げる。

『なんじゃ、この途方もない量の魔力は。ぬう……おい、レイ、イリア、一度後ろに下がるぞ』

マールは離れた場所で戦っていたレイとイリアに『念話』で呼びかけた。レイとイリアは戦っていたモンスター数体を一瞬で屠《ほふ》ると、急いでマールのもとまでやって来る。

『どうしたの、マールのおばちゃん。うち達を呼び戻すなんて』

『なんじゃレイ、上空からこの地に目がけて迫ってくる魔力を感じておらぬのか？　どれ、少し集中してみよ。お前達なら感じ取れるはずじゃ』

レイとイリアはマールに言われた通りに意識を集中させ、魔力を探した。

『あ、本当だ。凄い魔力を感じるよ。でも、この魔力……うち、知っている気がする。イリアは？』

『ええ、私もよ。レイ』

そんな話をしているうちに、空に変化が現れる。レイが首を傾げた。

『なんかだんだん夜空が夕焼けみたいに赤くなってきたけど、マールのおばちゃん、どうするの？』

『そうじゃのう。この魔力の主は――どうやらアイリのようじゃ。我らに被害はないとは思うが、万が一がある。一度後方に戻り、休憩するかのう』

マール達が撤退しようとした時、赤く染まった空の向こうから雲を突き破っていくつもの巨大な炎の玉が降り注いできた。

『ぬぉぉぉ!?　お前達、とりあえず急いで後方に避難じゃ。急げ！』

マールとイリア、レイは急いで後ろへ下がり、治療テントが設営されている地点の直ぐそばまで戻った。

すると、これから前線に向かおうとするアイリを見かけた。マール達は駆け足でアイリのもとに行く。

マールは今もなお空から降り注ぎ続けている炎の流星群を指差して、『おい、アイリ。あの炎の流星群はいったいなんじゃ⁉　お前がやったんじゃろ⁉』と問いただした。

「ええ、そうよ。あの魔法――『ボルカニックレイン』は確かに私が発動したわ」

『やっぱりか。あんな大規模な魔法を我らが戦っているところに放ったら危ないじゃろう。あの炎の玉が当たったらどうするつもりだったのじゃ‼』

魔力の消費を抑えるために、マールはドラゴン形態のまま後方まで下がってきていた。アイリに向かって不服そうに言い放つが、アイリはあっけらかんとしている。

「大丈夫よ。私があの魔法をどれだけ撃とうとあなた達に当たる事は絶対にないから」

『何故そう言い切れるのじゃ。理由を説明してもらおうかのう』

「ええ、良いわよ……と言っても、理由なんて一つしかないんだけどね。私があの魔法の攻撃対象を、ぞろぞろと進行してくるモンスターだけに限定したからよ。だから、その対象以外の者には当たる事はない。絶対にね」

『なんじゃと？　そのような事が本当に可能なのかのう』

「ええ、魔法を遠隔《えんかく》で自動操作する術式は魔法学園に通っていた頃から開発していたんだけど、とても苦労したわ。まさか、完成までに五年もかかるとはね。良かったらあなた達にも術式を教えてあげましょうか」

『アイリが五年もかけて生み出したオリジナルの術式じゃろう？　そのような大事な物を、わし達に教えても良いのか？』

「当たり前じゃない。だって、私達って仲間でしょ？　あっ、でもただじゃないわよ。あなた達が知っている術式や魔法の知識と交換したいの。それでも良いかしら？」

『うむ、構わんのじゃ。お前達もそれで良いかのう？』

マールが足元にいるレイとイリアに聞くと、二人も頷いた。

「それじゃあ、交渉成立ね。そろそろ『ボルカニッククレイン』が終わりそうだから、私は先に前線に戻っているわ。あなた達もさっさと魔力を回復させて追いつきなさい。あと、今度から勝手に先走ってモンスターの群れに突っ込んでいかないようにしてよね。苦労するのは私なんだからね……全く、後でクロードに報告しておこうかしら」

「な、そ、それはやめてほしいのじゃ。後生《ごしょう》じゃからやめてほしいのじゃ。頼むのじゃ。そんな事されたら、わしのご飯を減らされてしまうのじゃ」

マールはわざわざ人化し、アイリの足に縋《すが》りつく。

「あはは、冗談だから心配しなくて良いわよ」

アイリは懇願《こんがん》するマールを見て苦笑いを浮かべ、マールに言い聞かせてから前線に戻っていった。

前線に向かうアイリを後目《しりめ》に、マールとレイ、イリアは自身の魔力を回復させるべく治療テントへ急いだ。

マール達は治療テントでマルティから魔力回復ポーションを受け取り、あっという間に飲み干した。そして直ぐに前線へ引き返す。

戦場ではアイリが再び『ボルカニッククレイン』を発動し、騎士達と共に後ろに下がっていた。マジックポーチからイスとテーブルを取り出して、ミルクティーを飲みながら寛いでいる。

「あら、あなた達、もう戻ってきたのね。私の『ボルカニッククレイン』がモンスターの数を減らすまで、ここで待機していると良いわ。今、マールさん達の分のイスを出すから少し待っていて」

アイリはそう言い、マジックポーチから新たに三脚のイスを出す。そしてテーブルの周りを取り囲むように置いた。

「『ボルカニッククレイン』が終わるまで十分はかかるから、何か飲み物でも飲む？　必要なら用意するけど……」

「そうじゃのう。それじゃあ、我は紅茶をストレートでもらおうかのう。お前達はどうするんじゃ？」

マールの問いかけに、人化して席に着いたイリアとレイがそれぞれ答える。

「そうね。私はミルクをもらえる？」

「はいはい。うちもミルクが良いの。イリアと一緒。えへへへ」

「わかったわ。用意するから、少し待っていてね」

アイリは席を立ち、テーブルの上に置いてあるティーポットに茶葉を入れてお湯を注いだ。少しポットを回して待ち、ティーカップに紅茶を注ぐ。

二つのティーカップにはミルクを注ぎ、イリアとレイの前に置いた。

「お待たせ。それじゃあ、私の魔法が切れるまでゆっくりしましょうか。あ、私、『ボルカニックレイン』が終わったらまた魔力が枯渇するから、あとはよろしく頼むわね」

「わかっているのじゃ。まあ、任せておくが良い。こう見えてわしは元龍王じゃし、この二人もAランクの強力なモンスターだからのう。一体も逃がさずに殲滅してくれるわ。魔力も満タンだしのう」

やがて空を夕焼け色に染め、地上にいるモンスターの群れを蹂躙していた『ボルカニックレイン』が遂に消滅した。

「さてと、ここからはわしらの時間じゃぞ。イリア、レイ、準備はもう出来ているかのう」

「はい。いつでも行けるわ」

「うちも行けるよ〜」

「うむ、では二人とも人化を解くのじゃ。一気に殲滅してしまうのじゃ」

マールはレイとイリアにそう言うと、自身もドラゴン形態に変わった。

『では行ってくるのじゃ。アイリ、お主はここで安心してわし達の戦いっぷりを見ていると良いのじゃ』

「ええ、そうさせてもらうわ。でも……無理はするんじゃないわよ。やばいと思ったらいつでもここまで戻ってきなさい。その時は私の魔法で残りのモンスターを殲滅してあげるわ」

『ふっ、何を言っているのじゃ。魔力回復ポーションの飲みすぎでもう限界なのじゃろう。強がっていないでそこのイスに座って休んでいるのじゃ。モンスターの数もあと千とちょっとじゃから大丈夫じゃよ。それじゃあ、わし達は行くとするかのう』

マールとレイ、イリアは、アイリの魔法でその数を千程まで減らされたモンスターの群れに再び向かっていった。


アイリと別れた地点からひとっ飛び。マールは地上にレイとイリアを下ろすと、自分はモンスターの群れの後方を目指した。

群れの奥には二十メートルを優に超える巨体を誇るデスギガントナイト達、そしてその上位種であるデスギガントジェネラル、デスギガントクイーン、デスギガントキングがいた。

マールはそれらの一番後ろに控えているひときわ大きいモンスター、デスギガントゴッドを見下ろして言う。

『全く、相変わらず無駄にデカいのう、お前らは。まあ、わしがどれだけ話しかけたところで、ダンジョンから生まれた巨人種……知能が低いお前らに、わしの言葉が理解出来るはずもないのじゃが。お前らなどわし達龍族《りゅうぞく》の永遠の好敵手《こうてきしゅ》であり、意思疎通が出来る巨人族と比べれば赤子のようなものじゃな』

デスギガントゴッドとその手下達は、言葉は理解出来なくても馬鹿にされている事はわかったようだ。額《ひたい》に青筋を浮かび上がらせ、デスギガントゴッドは手下と共に咆哮《ほうこう》した。

しかし、マールはデスギガントゴッド達の怒りの咆哮など気にする素振《そぶ》りも見せない。

ある程度デスギガントゴッド達に近づくと、手始めに一番手前にいるデスギガントナイト達を排除しようと龍魔法《りゅうまほう》の『ドラゴンブレス』を放った。

自身の攻撃の成果を見下ろしながら、マールはため息をつく。

『はあ〜、こいつらめ、ドラゴンブレス一つで全滅しおったのじゃ。全く、一点集中で放った方が威力を発揮するドラゴンブレスを、わざわざ広範囲に拡散して放ってやったというのに……やはり所詮はダンジョンで生まれた紛《まが》い物なのじゃ。この有様では、残りのクイーンやキング、ゴッドもたかが知れているのう……』

マールがデスギガントナイトを排除している頃、イリアとレイはモンスターの群れに突っ込んでいた。

二人の眼前に立ちはだかるのは、サイクロプスの上位種であるサイクロプスナイトやサイクロプスガードナー、サイクロプスファイターといったモンスター達だ。

『私が左から攻めるから、レイは右から攻めてちょうだい。攻撃方法は好きにして良いわよ』

『好きに攻撃して良いの？　やった～!!　それじゃあ、また後でねぇ～』

イリアの指示を聞き、レイは直ぐにモンスターの群れの右側へ駆けていく。

『全く、レイは落ち着きがないわねぇ。まあ良いでしょう。私もレイに後《おく》れを取りたくないし、行くとしましょう』

イリアはそう言って、モンスターの群れの左側へ向かって走り出した。

モンスターの群れの右側から攻める事になったレイは、どうやって敵を倒すか考える。

『う～～ん、どうしようかな。せっかくだし、派手な攻撃がしたいよね……となると、やっぱりあれしかないいかな』

レイはモンスターの群れに突撃しながら、全身に赤黒い炎を纏わせる。次第にレイの体そのものが炎と化していった。

『うちの炎は地獄の業火《ごうか》だからねぇ～。みんな、もの凄く熱いと思うけどさ……あまり心配しないで。うちの地獄の業火は一味も二味も違くて、もの凄く熱々だから。直ぐに溶《と》けちゃうよ』

炎と化したレイはモンスターの群れに突っ込み、縦横無尽《じゅうおうむじん》に駆け回った。

レイの大胆《だいたん》で派手すぎる攻撃を見て、左に回り込んでいたイリアは呆れ返る。

『もう！　レイは後先を考えずにスキルを使いすぎ。全く……あれじゃ、モンスターの素材が全て台無しよ。素材どころか魔石まで燃やし尽くしているし。これは私が頑張るしかないわね……後でちゃんと注意しないと』

イリアはレイが燃やしてしまった分の素材は自分で回収しようと決意する。

モンスターの群れへ向かったイリアは、進化して新しく覚えたスキル『風化《ふうか》』で体を風へと変える。そして、次々とモンスターの首を切り落としていくのだった。

十数分後、アイリによって千体程まで減らされていたモンスターの群れは、マールとイリア、レイによって全滅させられていた。

マール達は戦闘の成り行《ゆ》きを見守っていたアイリと落ち合い、後方にいたマルティ、そして騎士団や魔法師団とも合流して、モンスターの素材と魔石の回収を始める。

「それにしても本当に凄い数の素材と魔石ね。レイが消し炭《ずみ》にしたモンスターだっているのに……こんな量、見た事がないわ」

アイリはオーガ種やサイクロプス種の素材や魔石を回収しながら、今回のスタンピードで東門に向かってきたモンスターの多さを噛みしめた。

その呟きを聞いて、数百体のモンスターを灰にしてしまったレイが狼耳を垂《た》らして言う。

『調子に乗っちゃってごめんなさい……進化した時に新しいスキルを覚えて、どうしても使ってみたくて……本当にごめんなさい』

アイリに近寄り、レイは頭を下げて謝った。

意《い》気《き》消沈《しょうちん》しているレイを見て、アイリはレイと目線を合わせた。そして頭を撫でながら話しかける。

「大丈夫だよ、レイ。私は別に怒っているわけじゃないから。でもね、今度からはたとえやってみたい事が出来たとしても、直ぐに行動に移さない事。行動に移す前に、その後どうなるのか考えてから動くのよ。約束出来る？　あ、でも、考えるのは余裕がある時だけで良いからね。ピンチの時にそんな悠長《ゆうちょう》な事していたら危険だし」

『うん。約束出来る』

「そう、レイはとっても偉《えら》いわね――ほら、この話はこれで終わり。さっさと素材と魔石を回収して、北と東の戦況を報告するために王城へ戻りましょう。夜はまだまだ長そうね」

素材と魔石の回収を終え、アイリは周囲の警戒をしていたマール、イリア、そしてマルティと騎士団と一緒に、一度王城へ帰還《きかん》する事になった。

＊＊＊

その頃、王城西側の戦場を受け持っていたケイト達はドラゴン種や巨人種、獣種が混在するモンスターの群れと互角に渡り合っていた。

「それにしても、あの子達って本当に凄いわね。ハロもリサも難しい岩と雷の魔法を自由自在に操りながら戦っているんだから……大したものだ」

ケイトは眼前でひしめき合っているBランクモンスター達をアロンダイトで切り伏せながら、独り言をこぼす。

その何気ない呟きに、近くで同じくBランクモンスターを屠っていたナビーとベロニカが反応する。

「それはそうですよ、ケイトさん。あの子達を含めたレイアちゃんの子供達は、レイアちゃんとマスター、そして私が生まれた時から鍛えていますからね。特に、魔力操作の技能はケイトさんが思っている以上に凄いはずです。まだまだこんなものではありませんよ〜」

「ああ、ナビーの言う通りだな。子供達の魔法を初めて間近で見た時は、あたいも度肝《どぎも》を抜かれた。あいつらの実力はまだまだこんなものじゃないぞ」

「そ、そうなのか……それは楽しみだな。今後、真の実力を見る機会が訪れる事を願っておくとしよう……と、ところで、つかぬ事を聞くが……お、お前達は……そ、その〜、クロードの事が……そ、その好きで……」

モンスターとの戦闘中でありながら、ケイトはアロンダイトを振る手を止めた。

戦場には全く相応しくない質問をしつつ、左右の人差し指をツンツンと合わせては体をくねくねさせている。

急に体をくねらせ、気もそぞろになってしまったケイトのフォローをしつつ、ベロニカはその素《す》っ頓狂《とんきょう》な質問に端的に答える。

「そりゃあみんな、クロードの事が好きに……大好きに決まってんじゃん。あたいやナビーだけじゃないよ。レイアとマール、それに子供達だってそう。まあ、子供達の好意は意味合いが少し違うと思うけど。あたい達は全員で話し合って、みんなでクロードを支えようって決めている。ケイト達『銀狼の牙』もそうなんじゃないのかい？」

ケイトはベロニカの嘘《うそ》一つない真っ直ぐな答えを聞き、改めて自分の思いや、仲間のアイリやマルティと「クロードを支えられるくらい強くなろう」と誓《ちか》った事を再確認した。その思いを噛みしめ、気持ちを切り替えて周囲を見渡す。

すると、先程まで自分が戦っていたBランクモンスターの群れは一体残らず姿を消しており、後方に控えていた千五百体程のAランクモンスターの群れを、巨大な雷と岩の竜が蹂躙している光景があった。

「……な!?　い、いったい何が起こっているんだ!!」

ベロニカが口を開く。

「Bランクモンスターの群れはあたいとナビー、それとハロとリサで片付けたよ。あの竜は、リサとハロの魔法――『サンダードラゴン』と『ロックドラゴン』だよ」

「……!?　な、何～～!?　……あ、あの子達は雷と岩という上位属性の、その上級魔法まで使う事が出来るのか？」

「はい。ハロは岩魔法の他に土魔法と星魔法が使えますし、リサは雷魔法の他に雷光《らいこう》魔法《まほう》を使う事が出来ます」

ナビーが答えると、ケイトは息を呑んだ。

「……そ、それは凄いな。なんだかあの子達の実力の一端を垣間《かいま》見た気がするよ……しかし、ほとんどのモンスターをみんなに任せてしまったな。このままでは決まりが悪いし、頑張るとしよう」

駆け出したケイトを追い、ベロニカとナビーはハロ達が戦っている最前線へ向かった。

幸いにもこの戦場にはAランクを超えるモンスターはいない。十数分後、ケイト達は怪我をする事もなく、無事にモンスターの群れを退《しりぞ》けて王城へ帰還したのだった。

王城に着いたケイト達にはしばしの休憩時間が与えられた。五人は軍議を行っているという王城内の大会議室に向かう。

大会議室では国王や騎士団、魔法師団のお偉いさん達が行き交い、王都の情報統制などの作業に追われていた。

ベロニカとリサ、ハロを大会議室の隣に設けられた休憩室に向かわせ、ケイトとナビーは大会議室の中を覗いた。

すると大テーブルを囲む王国上層部のお偉いさん達に交じり、話し合いに参加しているアイリとマルティを見つける。

ケイトは近くを通りかかった兵士を捕まえ、国王に繋いでくれるように頼んだ。そして、大会議室の入り口で待機する。

「剣聖ケイト様、ナビー様、お待たせしました。国王陛下が報告を聞くと仰《おお》せです。こちらにどうぞ」

ケイトとナビーは兵士の案内に従って大会議室へ入り、国王をはじめとする王国の重鎮《じゅうちん》達とアイリ、マルティがいるテーブルへ通された。

「国王陛下、剣聖ケイト様、ならびにナビー様をお連れしました」

「うむ、ご苦労であった。下がってくれ」

「はっ」

「……さて、話を聞かせてくれるか。ケイト殿にナビー殿」

国王に促された二人は、王都の西門にやって来たモンスターの群れを殲滅した事を伝える。

さらに、休憩室で少し休んでから南門にいるクロードとレイア、ボロに合流する事を伝え、アイリ、マルティと共に仲間達の待つ休憩室へと向かうのだった。

ケイト達は休憩室に入った。

そして部屋の中を見回す。

「……あ、みんな戻ってきたか。こっちだこっち」

部屋の奥の方からベロニカの声が聞こえてきた。

「やっと戻ってきたか……それで今後の方針は？　軍議はどのように纏まったんだ」

「ああ、モンスターの群れの掃討《そうとう》が終わった東、西、北門については、騎士団や魔法師団でひとまず様子を見るそうだ。私達は最も苛烈《かれつ》な戦場である南門を死守しつつ、今も最前線で奮闘しているクロード達を全力で援護する事になった。基本的には現場の判断で臨機応変に対処して良いとの事だ」

　ケイトの報告を聞き、窓際のベッドで横になっていたマールが体を起こした。

「確かに、もう少し休んだら主達の応援に向かった方が良さそうだのう……どうやらあの戦場には少し面倒くさい輩《やから》がいるみたいじゃ」

「え!?　モンスターの他にもまだ何かいるのか!?」

　ベロニカの質問に、マールは頷いた。

「まだお前達の索敵《さくてき》系スキルには引っかからないような遠距離にいるようじゃが……うむ、この魔力の感じは……どうやら魔族のようじゃな。それに、奴らよりも強い魔力を待った者が少し離れたところにおるのう。これは……悪魔族か!!」

「な、何!?　急に大きな声を出してどうしたのよ?　……そ、その悪魔族がいると、何かまずい事でもあるの?」

　突然大声を出し、慌てて立ち上がったマールにびっくりして、アイリが不安げに尋ねた。

「正直に言うと、とてもまずいのじゃ。危険度は悪魔族の階級にもよるが、とにかく注意するべきは奴らの固有能力じゃ。悪魔族は一人につき一つ、必ず固有能力を持っていてのう。その力が強力なのじゃよ。じゃから、素の戦闘能力が低い下級の悪魔族でも侮《あなど》ってはならぬのじゃ……もし、この魔力の持ち主が中級や上級、さらにその上の七つの大罪クラスの悪魔族だとしたら……まだ成長中の主達だけでは荷が重いかもしれぬ」

　そう推察するマールに、マルティが異を唱える。

「え、ちょっ、ちょっと待ってください。わ、わたくしは幼い頃から教会で育ちましたが、悪魔族などという種族は一度も聞いた事がありません……悪魔族とは魔族の事ではないのですか？」

「うむ、違うぞ。三百年以上生きているわしでも悪魔族を見た事は一度もない……じゃが、わしの故郷である龍王国には、古《いにしえ》から残る数々の伝承や古文書の類《たぐい》が多くあるのじゃ。その全てに魔族は悪魔族の手下にすぎないと記されている。そして、悪魔族の恐ろしさも書かれておるのじゃ……元来魔王とは、魔族の王の事ではなく悪魔族の王の事を指すのじゃ。そして、その王の下には七つの大罪と呼ばれる強力な固有能力を持つ最上位の悪魔族が七人も侍《はべ》っている。その力の一つは、お主達もよく知る『魅了の魔眼』じゃ」

「……!!　『魅了の魔眼』って、シリウスさんが持っていたあの……！」

　絶句するマルティを後目に、マールはさらに説明を続ける。

「主からその者については聞いておるのじゃ……しかし、わしにはどうにも解《げ》せぬ。七つの大罪クラスの固有能力は、本来であれば悪魔族にしか発現する事がないはず。何故そのシリウスとやらに発現したのか……全くもって謎なのじゃ」

（それに、何故この地上界の出来事に悪魔族が絡んでくる？　魔界にいる奴らは地上界に興味を示していなかったはず。いったい何が起こっているのじゃ）

マールは思わず考え込んだ。

「……まあ、シリウスが『魅了の魔眼』を持っていた理由は本人に直接聞けば良いだろ。今はこの城の地下牢《ちかろう》に収監《しゅうかん》されているわけだし、逃げられるはずがない。あたい達はとりあえずクロード達の救援に行こうじゃないか」

「うむ、ベロニカの言う通りじゃな。わし達は南門の最前線に向かうとするかのう」

仲間達を連れて戦場に向かおうとしたマールだが、そこに待ったをかける者がいた。

「ま、待て、お前達まさか今から南門へ行く気なのか？　……ははは、は、は、あの男のためにあんな危険なところに向かうのはやめておけ」

それはマールが寝ていた窓際のベッドから少し離れたベッドで横になっていた、四肢を失《な》くし包帯を体全体に巻かれている男——第三騎士団の団長でもある南門の指揮官だった。

男は息も絶《た》え絶《だ》えな様子であるにもかかわらず、さらにまくし立ててくる。

「そんな事より、私の下僕《しもべ》にならないか？　あのクロードとかいう奴がモンスター共と命懸けで戦っているようだが、どうせ死ぬだろう。あいつがモンスターの数を減らせば、私の部隊でも十分に殲滅出来る。その功績があれば、団長である私は子《し》爵《しゃく》になれるはずだ。お前達には楽な暮らしをさせてやるし、可愛がってやるぞ。どうだ、この話乗るか？　私の誘いを断るはずがないだろうが」

　とんでもない提案を聞き、マールはゆっくりとベッドに近づいた。

　そして腰に左手を当て、右手で南門の指揮官をビシッと指差した。

　鋭い眼差しで睨みつける。

「寝言は寝て言うものじゃ、小童《こわっぱ》。主をバカにするとは……この戦いが終わったらこの件を国王に報告するから、一応顔だけは覚えておいてやるのじゃ。じゃがな、これ以上その口を開いたら再起不能にしてやろう。では皆……主のもとへ向かうとするかのう」

　マールは軽く殺気を放ち、南門の指揮官を気絶させた。そして仲間と共に、休憩室を出ていったのだった。

　王城を出たマール達は、クロードがいる南門へ向かいながら思い思いに話をしていた。

　マールが不安そうに言う。

「あの男……あまりにも失礼じゃったから結構きつめに言ってしまったが、良かったのじゃろうか……万が一にもないとは思うが、もし後で主があの男に色々と文句を言われたら……」

「ああ、その事でしたら心配いりませんよ。マールさん」

そう言って、ナビーはさらに続ける。

「私はマスターのナビゲーターとして生まれたので、マスターが見たものや聞いたものなどを共有出来るのですが……あの男は、マスター達が配属された南門の指揮を任されていた第三騎士団の団長で、『南門に配属された冒険者と従魔の助力は必要ない』と言っておきながらも劣勢《れっせい》に陥り、マスターに頼ってきた愚《おろ》か者。その後のマスターのご活躍を見て、自分も騎士を率いてモンスターの群れに挑んだようですが、一瞬で敗北したただの無能です。気にしなくて良いですよ」

「なんですって！　あの男、クロードにそんな事言ったの？　絶対に許せないわね。王城に戻ったらど突いてやろうかしら」

アイリが声を荒《あら》らげる隣で、マールは胸を撫で下ろした。

「なんじゃ、それじゃあ心配する必要はないのじゃ……さて、そろそろ最前線のようじゃな。向こうから戦闘音が聞こえてくるのう」

マールはドラゴン形態になって飛び上がり、まだ遠くの最前線を見据えた。

『うむ、ここから歩いて主達のところまで行くとなると、ちと時間がかかるのう……よし、子供達よ、お主達は体を小さくする事は出来るかのう？』

マールの質問に、狼達を代表してイリアが答える。

『ええ。私達はみんな体を小さくする事が出来るわ。大体五十センチくらいかな』

『ならば良い。皆、わしの背に乗るのじゃ。子供達は小さくなって、ナビー達に抱えてもらえ……うむ、ちゃんとわしの背に乗ったのう。では、主のもとへ向かうのじゃ』

一度地上に下りたマールは、再び空へ舞い上がった。

＊＊＊

クロード、レイア、ボロがドラゴンの群れの相手を始めて、いったいどれ程の時間が経っただろうか。永遠にも思われる程に濃密な時間が経過した。

敵を倒し続けていたクロードは、ようやく終わりが見えるくらいに減ってきたドラゴン達を見て胸を撫で下ろす。

彼は遠く離れた場所から複数の者がこちらを監視している事に気が付いていた。

「ふんっ、今のところ手を出す気はないようだけど……不意打ちされる可能性が少しでもあるのは無視出来ないな」

クロードは目の前のSランク下位のロックドラゴンを切り伏せつつ、少し離れたところで一緒に戦っているレイアと、いつの間にかシャドウウルフに進化していたボロの様子を窺う。

「流石に、この場を二人に任せるにはモンスターが多すぎるか……」

クロードの『気配探知』には、少なくとも五人の反応が引っかかっている。

怪しげな者達を警戒しながら寄ってくるモンスターを片っ端から切り捨てていると、『気配探知』が王城の方から猛スピードでここに近づいてくる存在を捉えた。

「この気配はマール達か……という事は、他の門のスタンピードは無事に終息したのか？　まあ、何にしても頼もしい援軍が来てくれたな……レイア、ボロ、一度後方に引いてマール達と合流しよう。魔法で近場にいるモンスターを牽制《けんせい》しつつ、下がるよ」

『はい。わかりました、主様。ボロ、行きますよ』

『わかったよ。ママ』

クロードとレイア、ボロは近づいてくるモンスター目がけて、広範囲の攻撃に適した魔法——『ウィンドストーム』『ブリザードストーム』『影剣山《かげけんざん》』をそれぞれ放ち、後退を始めた。

＊＊＊

クロード達が後方へ下がっていくのを確認し、遠く離れた場所にいた男——魔王軍四天王補佐の男は、五人の部下に『念話』で命令を下す。

『私はこの場を離れて魔王国へ戻ります。あなた達はここに残り、スタンピード作戦の結末を最後まで見届けてから戻ってくるように』

そう言ってその場を離れた男だが、彼にはまだ別の目的があった。

「……全く。たまたま我々悪魔族の血を少し引いていただけの雑種《ざっしゅ》が、七つの大罪の一つ、『色《しき》欲《よく》』を宿すとは……私個人としては、人間を魔王国に引き抜くのは反対ですが、四天王最強のあの方に命じられては致し方ありませんね……はぁ～、あの者が囚われている牢は……こちらですか」

四天王補佐の男は自身の魔力を辺りに広げて王都を調査する。

そして、王城の地下牢に囚われている男――シリウスの魔力を感知すると、そこに向かって静かに歩き出した。

＊＊＊

モンスターの群れを牽制しつつ後退してきたクロードとレイア、ボロは王城から駆けつけたマールやナビー達と合流した。

「みんな、丁度良いところに来てくれたね。来て早々に悪いけど、俺とレイア、マール、ケイ姉《ねえ》、アイリさんで、さっきからこの戦場を監視している者達を排除しに行こう……その間、他のみんなにはここで残り五、六百体程度のドラゴン達の相手をしてほしい。頼めるかな？」

　クロードの言葉に、ナビーが大きく頷く。

「はい。任せてください、マスター。確認した限り、Ａランクのドラゴンがほとんどですから問題ありません。あのドラゴン達には、私達のレベルの糧《かて》になってもらいます」

「ははは、頼もしいな。じゃあ、よろしく頼むよ」

　クロードとレイア、マール、ケイト、アイリは、居残り組のナビー達と別れる。

　そしてモンスター達との戦場だった王都周辺の平原を離れ、監視者が潜伏する森へ入っていった。

　森に入ったクロード達は各自でそれぞれ一人ずつ、監視者の位置を特定した。そして、その場所に向かって走り出す。

　レイアとも別れ、クロードは目的の人物のもとへ向かった。スキル『気配遮断《けはいしゃだん》』で気配を完全に消した状態で迫る。

「うーん……『気配探知』にかかった五人の他に、強い奴がいた気がするんだけど……どうやらこの戦場を離れたみたいだな……」

　そこで言葉を区切り、クロードは敵の前に姿を現した。

「さて、それじゃ、君から出来るだけ情報を聞き出すしかないけど、君はどのくらい有益な情報を持っているんだろうね？」

　突然現れたクロードを見て、魔族は目を丸くしつつも余裕を崩さない。

「……さてどうだろうな。第一オレから情報が取れると本気で思っているのか？　オレは上位魔族だぞ。お前達人間が逆立《さかだ》ちしても勝てる相手じゃないんだよ!!　……なのに……なのに……なんなんだ。その目はよ!?　スタンピードの群れ、ドラゴン共と戦っていた時もそうだ。その『絶対に諦めるか』って意思を感じる目つきが、オレはどうにも気に入らねぇ。畜生《ちくしょう》のくせにそんな目しやがって。目障《めざわ》りなんだよ、お前みたいな奴は!!　……捻《ひね》り潰して無残に殺してやるよ!!」

　クロードは魔族が思いの丈《たけ》を叫んでいるうちに、『鑑定』でステータスを確認した。

【名　前】マックス・バンディー
【種　族】中位魔族（デーモン種）
【称　号】
【レベル】（63／150）
【能力値】
体　力　9390　魔　力　9592

攻撃力　８３８０　防御力　８９１０
魔　攻　９２８０　魔　防　９７５０
素早さ　７４３０　器用さ　８２００
魅　力　１１０
【スキル】
飛行Ｃ（６／１０）　火魔法Ｃ（７／１０）　土魔法Ｃ（５／１０）　中級体術Ｂ（４／１０）
闇魔法Ｂ（４／１０）　遠視Ｂ（８／１０）　気配探知Ｂ（５／１０）
【ユニークスキル】
隠密Ａ（３／１０）

（なんだ、このステータスは？　数値は低いし、スキルもパッとしない。しいて言うなら【ユニークスキル】の『隠密』は警戒すべきだけど、それもレベルが低いし……正直、俺じゃなくてナビーやベロニカでも倒せそうだな……しかもこの魔族、上位魔族じゃなくて中位魔族だし。【称号】のところは空欄《くうらん》だったけど、もう少ししたら『見栄《みえ》っ張《ぱ》り』って称号を手に入れるんじゃないか？
まあ、ここで倒すからありえない話だけど）
クロードは右手に持っていたミスリルの長剣の切っ先を魔族の男——マックスに向け、走り出す。

マックスはクロードの攻撃を受けるために愛剣、魔剣《まけん》ブリングを抜き、防御の構えを取る。

（……ん？　防御の構えを取ったって事は、俺の一撃を受け止めるか受け流そうとでも思っているのか？　……普通ならフェイントを入れながら仕掛けるところだけど、俺の方が圧倒的にステータスが高いからな……このまま正面から突っ込むか）

クロードは剣の切っ先を魔族に向けたまま、さらに加速した。

あえて正面から切りかかったクロードを見て、マックスは動揺して隙を見せた。防御の構えが緩《ゆる》み、体勢を崩しながらクロードのミスリル長剣を受ける事となる。

「くそっ、まさかあのまま真正面から突っ込んでくるとはな。おかげで虚《きょ》を衝《つ》かれちまった」

クロードが振り下ろしたミスリルの長剣を愛剣でなんとか防いだマックスだったが、不利な体勢で受け止めたためジリジリと追い詰められていく。

最初こそつば迫り合いをしていた二人だったが、その状況は長く続かなかった。

クロードが魔剣ブリングを真っ二つに破壊したからである。

愛剣を破壊されたマックスには為《な》す術《すべ》がなかった。クロードによって右肩から斜《なな》めに切り伏せられ、呆気なくこの世を去る。

「こいつは有益な情報を持ってなさそうだったしな。情報は、みんなが相手をしている他の魔族に期待しようか」

そう独り言《ご》ちると、クロードはその場を後にした。

クロードが森の入り口まで戻ってくると、そこには既に仲間が揃っていた。

どうやら彼女達が相手にした敵も全員下っ端だったらしく、ほとんど情報は持っていなかった。

わかったのは、今回のスタンピードが魔族の企みによって意図的に引き起こされたものであるという事だけだ。

情報を聞き終えたクロードはレイア達を引き連れて、既にモンスターの気配が消えた戦場に戻った。モンスターの群れを殲滅したナビー達と合流する。

「みんな、ご苦労様。無事にドラゴン達を殲滅出来たみたいで良かったよ……怪我はない？」

「はい、マスター。皆さん無傷とまではいきませんが、軽いかすり傷くらいで大きな怪我はしていません。それで、マスター達はどうなりましたか。その……魔族の方は」

「ああ。その事だけど、指揮官らしき奴は取り逃しちゃったんだ。下っ端五人しか倒す事が出来なかったよ。相手が下っ端だったから手に入った情報も大した事なくて、今回のスタンピードが魔族達によって引き起こされたって事しかわからなかったんだ」

「そうでしたか……それは残念でしたね。マスター」

「ああ、でもまあ仕方ないさ。それじゃあ、王城に戻るとしよう」

ナビー達と共に王都へ戻ったクロードは、城門の前で警備をしていた門兵達に国王に謁見《えっけん》したいと伝える。

すると、そのうちの一人が国王に伺いを立てるために王城へ駆けていった。

その場に残った門兵が恐る恐る尋ねる。

「クロード殿、貴殿は四方から王都に迫るモンスターの群れを食い止めるために戦っていたと聞いております。王都の南から聞こえていた戦闘音がやみ、貴殿がここにおられるという事は……も、もしや……ス、スタンピードは――」

「はい、無事に鎮圧する事が出来ました。その事を含めていくつか国王陛下に報告があるんです。国王陛下がいらっしゃる大会議室は、王城の三階の奥ですよね。さっき伝令に行ってくれた人が戻ってくるまで、もう少しかかりそうですね」

「……はい、申し訳ございません。救国の英雄様にお待ちいただく形になってしまい――」

門番と話をしつつ待つ事数分。クロード達は国王に伺いを立てて戻ってきた門番の兵士の案内で、大会議室に向かっていた。

「言うまでもない事ですが、念のため。ここは謁見の間でこそないものの、国王陛下をはじめとする王国の重鎮の方々がいらっしゃいます。最低限の礼節は心がけてくださいませ——国王陛下、クロード様御一行をお連れいたしました」

兵士が声をかけると、大会議室の中から返事がある。

「そうか、通してくれ……ご苦労だった。汝《なんじ》は持ち場に戻ってくれ」

国王はクロード達を案内してきた門兵に労《ねぎら》いの言葉をかけ、仕事に戻らせる。

そして部屋の中に入ってきたクロード達の方に向き直った。

「……さて、クロード殿にお仲間の方々!!　まずは礼を言わせてくれ。スタンピードを鎮圧してくれた事、心より感謝する。まさしく、王都《おうと》陥落《かんらく》の危機であった……では、お主達の口から詳細な報告を聞かせてくれぬか」

クロード達はそれぞれが戦ったモンスターの大群の構成を語った。

そして、このスタンピードが魔族によってわざと引き起こされたものである事を順を追って報告した。

「そうか。まさか裏で魔族が暗躍《あんやく》していたとは……」

「陛下、この国は魔大国と近いです。魔族どもが大陸侵略を考えた場合、必然的に我が国が最初に狙われる事になりましょう……今回の一件は、おそらく我が国の軍事力偵察と戦力の間引《まび》きを兼《か》ねていたのではないでしょうか。実際に、此度の事件で我が国は少なくない被害を被《こうむ》っています……

近い内に魔族が侵攻してくる可能性に備えて、海岸沿いを中心に辺境の警備を固めた方がよろしいかと」

宰相《さいしょう》の提言に国王は頷き、その場にいた騎士団長に国防強化を命じた。そして、クロードに話しかける。

「さて、クロード殿。お主らも長い一日となって疲れているであろう。客室をいくつか用意したからひとまずそこで休むと良い。今回の件の情報を整理出来次第、論功行賞《ろんこうこうしょう》を行う。そなた達は全員参加するように」

クロードはお礼を言い、大会議室を退出した。

かくして客室に通されたクロード達は、これまでの疲れもあって、丸二日も寝てしまったのだった。

＊＊＊

王都を襲ったスタンピード事件から三日後。

王城の客室で目を覚ましたクロードは、目を擦《こす》りながらベッドルームを出て、リビングに向かった。

そこには既に仲間達が揃っており、各自思い思いに寛いでいる。

「おはよう。みんなはもう起きていたんだね」

「……!?」

クロードの姿を一目見て、その場にいた全員が目を丸くした。

「……？　どうしたの？　みんな黙りこくっちゃって……俺の顔に何かついてる？」

クロードの問いかけに、仲間達を代表してナビーが答える。

「……あ、すみません。マスターの見た目が少しお変わりになっていたので、驚いてしまいました」

「え、俺の見た目が変わっているだって？」

クロードは自分の姿を確かめるために、部屋に備え付けられている鏡を覗いた。

「……!?　な、何!?　髪と瞳の色が違う!?」

鏡に映し出された姿は、最後に見た時から随分と変化していた。黒髪のおよそ半分程が白髪《はくはつ》となっており、左の瞳は黒色から金色に変化している。

「これはいったい……俺の体はどうなってしまったんだろう？　……とりあえず今のステータスを調べてみるか。『鑑定』」

クロードは自分自身を『鑑定』してみた。

【名　前】クロード（１８）

【種　族】神人《しんじん》

【ジョブ】超越者（２５／１００）

【称　号】Ａランク冒険者、Ａランクパーティ『天の祝福』リーダー、Ｂランクダンジョン踏破者《とうはしゃ》、
神の領域に足を踏み入れし者、亜神《あじん》

【レベル】（１／１００）

【能力値】

体　力　１２５６０００　魔　力　１３４３０００

攻撃力　１５２３０００　防御力　１６２００００

魔　攻　１３２９０００　魔　防　１３１７０００

素早さ　１９１００００　器用さ　１５６９０００

魅　力　１８９００００

【アルティメットスキル】

アイテムボックス（無限）（時間停止）ＳＳＳ（ＭＡＸ）　全知《ぜんち》ＳＳＳ　創造《そうぞう》ＥＸ　万能者ＳＳＳ

武王《ぶおう》ＳＳＳ　魔道王《まどうおう》ＳＳＳ　武器防具錬成《ぶきぼうぐれんせい》ＳＳＳ（ＭＡＸ）　神眼《しんがん》ＥＸ　美食家《びしょくか》ＳＳＳ

【従魔】
レイア（シルバーフェンリル）（雌）　ボロ（シャドウウルフ）（雄）　イリア（テンペストウルフ）（雌）　レイ（インフェルノウルフ）（雌）　ハロ（ガイアウルフ）（雄）　リサ（ライトニングウルフ）（雌）　マール（エンシェントドラゴン）（雌）

鑑定結果を見て、クロードは考え込んだ。

（これは……種族がヒューマンから神人に変化して、レベルも1になっている。でも、各能力値が大幅にアップしているみたいだ。スキルとユニークスキルの欄がなくなってるけど……ユニークスキルの『万能者』がランクアップしてアルティメットスキルになっているし、進化した事で全ての力が底上げされたのかもしれない）

どうやら武術系のスキルは『武王』に、魔法系のスキルは『魔道王』に集約されたようだ。進化したとはいえ、今まで覚えてきたスキルは使えるらしい。

また、ただのスキルに過ぎなかった『武器防具錬成』も、アルティメットスキルの欄に移っている。クロードが知らないうちにスキルレベルがカンストしており、これなら超高性能な武器や防具を作れるだろう。

「……種族が進化した影響で髪色と左の瞳の色が変わったみたいだ。あ、あと、身長も少し伸びたかな」

「なるほど。では、先日の戦闘の後遺症《こういしょう》で体に異変が出た……という事ではないのですね、マスター。あっ、遅ればせながら報告がありまして……私も種族が進化し、ハイヒューマンとなりました」

「ああ。俺は全く問題ない。むしろ今まで以上にすこぶる快調だよ。それにしてもナビーも進化したのか……それだけ今回の戦いが過酷だったって事かな。よし、それじゃあ朝食を食べに行くか」

　クロード達は兵士達が食事をする一般食堂へ向かう事にした。


　客室を出てしばらく歩くと、通路の向こうから執事服《しつじふく》を着た初老の男性が現れた。ナビーとケイトを見て首を傾げ、声をかけてくる。

「……？　お待ちください。Aランクパーティ『天の祝福』と『銀狼の牙』の方々ですよね？　お目覚めになられたのですか？」

　どうやらこの男は、クロード達の世話を任された執事であるらしかった。

「あなた方を王族や貴賓《きひん》が食事をなさる場所――ロイヤルパレスにお通しせよと、国王陛下から言われております。ですので、そちらで朝食を摂《と》られると良いでしょう。この私、セバスチャン・バートンがご案内させていただきます……失礼ですが、そちらの男性はどなたでしょうか？　何やらクロード様によく似ていらっしゃいますが」

「あ、えっと、俺がクロードです。色々ありまして見た目が少し変わりましたけど……それで、ロイヤルパレスに行くんですよね？　わかりました、案内をお願いします。みんなも良いよね？」

仲間達の了承を得たクロードは、セバスチャンに先導されてロイヤルパレスに向かった。

ロイヤルパレスでは豪華《ごうか》な朝食が提供された。みんなで美味《おい》しくいただいていると、そこに疲れ果てた様子の国王が姿を現した。

国王はよろよろと歩きながら、入り口から一番近い椅子にドカッと腰を下ろす。そして椅子に座った途端に、いびきをかいて眠りこけてしまった。

クロードはその様子に呆気に取られてしまったが、気を取り直してセバスチャンに事情を尋ねる。

「国王陛下はどうされたんですか？」

「この数日間、ずっと働き詰めでしたので……先程までは魔族対策の会議に参加し、騎士団の幹部《かんぶ》や大臣達と協議していたのです。見ての通り、お疲れのようですね」

セバスチャンの説明を聞きながら、クロードは今一度国王の方を見た。

……国王は椅子の背もたれに体を預け、デカいいびきをかいている。

「はぁ～、いくら疲れているとはいえ、このようなところで、しかも客人の前で居眠りをされては困りますし……叩き起こして退室させますから、少々お待ちください」

「え⁉　あ、ちょっと――」

　セバスチャンはクロードの制止を無視して眠りこけている国王に歩み寄ると、その頭に遠慮なく拳骨《げんこつ》を落とした。

（……ははあぁぁ⁉　え？　ええぇぇ⁉　し、執事が国王陛下の頭を普通に殴《なぐ》っているんだけど⁉　主人じゃないのか？　こ、これって良いのか？）

　クロードが内心で慌てていると、頭を殴られた国王が目を覚ました。ガバッと椅子から立ち上がったと思いきや、国王は直ぐにしゃがみ込み、頭を押さえてしまう。

「セバス爺《じい》～！　いきなり殴るなんてひどいじゃないか～！」

　のんびりした口調で文句を言いながら、国王はセバスチャンに抗議の眼差しを向けた。

「……バージェス様、ここは食堂ですよ。客人であるクロード様達の目の前で眠りこけるような国王らしからぬ振る舞いをするのはおやめください。このセバスチャン、あなた様にそのような教育をした覚えはありませんな」

　国王はセバスチャンの苦言を聞いて、ハッとした様子でクロード達の方を振り向いた。

　クロードと目が合うと、「あちゃ～」とでも言うように気まずそうに顔を背《そむ》ける。が、セバスチャンに睨まれて、「あははは」と苦笑いを浮かべた。

「これはこれは……何やら見た目が変わっているようだが、クロード殿？　とお仲間の方々か。見苦しいところを見せてしまったな。騒がせてしまって申し訳ない。私は一度仮眠を取ってくる。今日は玉座の間で論功行賞を行うから、またあとでな」

　国王はそう言うと、セバスチャンから逃げるようにロイヤルパレスを出ていった。

（……ははは。俺の姿の変化を見てもやけに理解が早かったけど、事情を聞けないくらい焦ってたんだろうな……はぁ～、これは後で根掘《ねほ》り葉掘《はほ》り聞かれそうだなぁ）

　心の中でげんなりするクロードだった。

第二章　クラン設立とフェンドラム山脈のドラゴン族

ロイヤルパレスを出たクロード達はあてがわれた客室に戻り、論功行賞の時間までゆっくり過ごした。

やがて時間となり、玉座の間へ向かうために部屋を出る。

玉座の間の前では、立派な大扉の左右に二人の近衛兵が立っていた。直立不動で警備にあたっていた一人が問いかけてくる。

「失礼、あなた方はAランクパーティ『天の祝福』と『銀狼の牙』の方でしょうか」

「はい。そうです……こっちの三人は確かに『銀狼の牙』のメンバーなんですが、今後は俺達『天の祝福』に合流してもらおうと思っているんです。今回のスタンピードの一件では、一緒に戦いましたから。国王陛下から呼び出しを受けたんですが、聞いていますか？」

「ええ、聞き及んでいます。なんでも論功行賞があると……既に国王陛下、並びに王妃殿下や貴族の方々もお待ちです。失礼な質問になりますが、あなた方はこういった場での挨拶の手順をご存じですか？　もし不安があるのなら、我々がお教えする事も出来ますが」

「いや、大丈夫です。最低限の礼儀作法なら全員わかりますから。まあ、レイアはともかく、この子達はお座りぐらいしか出来ないけど……体を小さくしてもらっているし、大丈夫ですよね？」

クロードが五つ子狼を振り返り、近衛兵に尋ねる。近衛兵は頷いた。

「それくらいならなんとかなるでしょう。大扉が開いたら、レッドカーペットの中程まで真っ直ぐ歩いてください。あとは一般的な礼儀作法に則《のっと》り、挨拶してくださいね。それでは扉を開けます」

近衛兵はそう言うと、二人がかりで両開きの大扉を開けた。

扉の向こうにはレッドカーペットが敷かれており、その左右にはそれぞれ十数人の貴族達が立ち並んでいた。

部屋の一番奥には数段の段差があり、上段には玉座に座った国王が、一段下がったところには王《おう》妃《ひ》や王子達が豪華な椅子に腰かけている。

（あれ？　なんだか国王がニヤニヤしながらこっちを見ているんだけど、これからいったい何が始まるんだ？）

クロード達は近衛兵に教えられた通りにカーペットの中程まで歩き、跪《ひざまず》いた。

そのまま頭を下げていると、国王が「面《おもて》を上げよ」と声をかけてくる。

「うむ、まずは、先のスタンピードの鎮圧について、他の追随《ついずい》を許さぬ活躍ご苦労であった。まっこと天晴《あっぱれ》である。此度はその方らに褒美を取らそう。宰相、頼む」

「はっ、それではこれより、クロード殿及びお仲間の方々への論功行賞を行う。まずは『銀狼の牙』のケイト殿、貴殿には騎《き》士《し》爵《しゃく》の爵位を与える。そして、聖剣アロンダイトを王家に返却してもらう代わりに、さらなる業物《わざもの》を与えよう。次に――」

宰相はケイト、アイリ、マルティにそれぞれ騎士爵の爵位と、返却された聖剣アロンダイト、炎《えん》龍杖《りゅうじょう》レッドホーン、聖杖《せいじょう》セイクリートに代わる武器を与える事を約束した。

「……クロード殿をはじめとする『天の祝福』にも褒美を取らす。まず、ベロニカ殿には騎士爵の爵位、そして没落《ぼつらく》した実家――ミーガン子爵家の再興《さいこう》を王家が支援する事を約束する。また、Ｓランク冒険者への昇格を認める。次にナビー殿。貴殿には騎士爵の爵位、そしてＳランク冒険者への昇格、白金貨百枚の褒美を取らす。最後にクロード殿だが……従魔共々此度の作戦での我が国への貢献《こうけん》を称《たた》え、貴殿には男爵《だんしゃく》位を与える。また、クロード殿にはＳＳランク冒険者への昇格、白金貨二百枚を授ける」

男爵位を与えられたクロードだが、当面は王家が派遣した者が雑務を行ってくれるそうだ。現時点では領地を経営したり、国務をこなしたりする必要はないという。

「これにて論功行賞を終了します」

宰相の一言で謁見は終わり、クロード達は玉座の間から退出した。

与えられた客室に戻りながら、ケイトが意外そうに言う。

「まさか全員に爵位を与えられるとは思わなかったな」

「そんな事はないですよ。皆さんそれだけの貢献をしています。むしろ私としては思っていたよりも賜《たまわ》った爵位が低くて残念なくらいです。何しろ、マスター達がスタンピードに対処しなければ王国は間違いなく滅んでいたでしょうから。これくらい当然です」

クロード達がナビーの意見に耳を傾《かたむ》けていると、ナビーの肩越《かたご》しに宰相がこちらに向かってくるのが見えた。

「……ん？　宰相様だ。俺達に何か用でもあるのかな」

少しして、息を切らした宰相がやって来た。

「良かった。クロード男爵はここにいたか。それに『天の祝福』と『銀狼の牙』のメンバーも全員揃っているな……今から少し時間をもらえないか」

「ええ、俺達は大丈夫です。もしかして、褒美のお話ですか？」

「ああ、その事もあるが……ひとまず応接室に来てくれないか。陛下もお待ちになっている」

クロード達は宰相に連れられ、王城の応接室に向かった。

「……陛下、クロード男爵とお仲間の皆様をお連れしました」

「お！　来たか。入ってくれ!!」

　国王の許可を得て、クロード達は応接室へ入る。

　中には一人がけのソファーと二人がけのソファーが向かい合って置かれていた。国王は一人がけのソファーに座っていて、その対面には立派な顎髭《あごひげ》を蓄えたクロードもよく知る人物が腰かけていた。

　戦闘に不慣れだった頃のクロードを指導してくれた恩人《おんじん》、エバンズである。

「よう、クロードの坊主。少し見ない間に随分と強くなったじゃねぇか」

「……エ、エバンズ教官!?　なんでエバンズ教官がここにいるんですか!?」

「ああ～、言ってなかったけど、俺、今は王都のギルドでサブギルドマスターもやってんだよ……まあ、要するに出世したんだ」

「そうでしたか。おめでとうございます。教か――サブギルドマスター！」

　エバンズが苦笑いを浮かべる。

「好きなように呼んでくれ。今の俺は結構忙しい身なんでな、単刀直入に用件を伝える。この度『天の祝福』と『銀狼の牙』全メンバーの冒険者ランクがAランクを超えたため、リーダーであるSSランク冒険者クロードにクランの設立を許可する」

「クランの設立？　いったいなんですか？　クランって」

「クランっていうのは、簡単に言ってしまえば複数のパーティが集まって結成するチームみたいなもんだな。クランを設立すると依頼人から直接依頼を受ける事が出来る。知名度が上がって有名になったり、クランランク——ギルドでランク付けしている格が上がったりすると、貴族や王家からも名指しで依頼が来るぞ。あとはギルドで捌《さば》けない依頼なんかも流す事があるな。パーティのメンバーが六人を超えないとクランは設立出来ないんだが、『銀狼の牙』が『天の祝福』に合流するんだろ？　だから問題なしだな」

（なるほど……要するに、ギルドから直接依頼を受注するよりも効率よく依頼をこなす事が出来るって事か）

　クロードが考え込んでいると、エバンズはさらに説明を続けた。

「……ちなみに、拠点として屋敷を置くクランが多いぞ。仮にクランを設立するとして、拠点はどこにしたい？」

「え、えっと……」

（うん、クランを設立するとして、拠点を置く場所だけど……そうだなぁ。お世話になったギルドの受付嬢——ミレイがいる事だし、迷宮都市ネックで良いかな）

　そう心に決めると、クロードはエバンズに向き直る。

「クランの拠点は迷宮都市ネックに置こうと思います。あっちに待たせている人がいるんです」

「ああ……ネックに転勤していったミレイか。お前達、仲良かったもんな。わかった。クランの件は俺の方からネック支部のギルドマスターに連絡しとく。お前らはあっちに着いたら手続きをしてくれ……陛下、私はこれで失礼します。仕事が溜まっているので」

エバンズが退室すると、国王はクロードを見て話を切り出す。

「……では、クロード男爵。今度は私の話なのだが、その前に重要な事を聞きたい。君の仲間は女性が多いが……全員、男爵とはそういう仲なのか？」

「そういう仲というと？」

「……ええい!!　要は、婚約関係にあるのかと聞いておるのだ!!」

「……!?　あっ、コホン……俺は全員が好きです！　だから、ゆくゆくはみんなと結婚したいと思ってます!!　それで、何故そのような事を？」

「うむ……そ、その私の娘が……第二王女のルーチェが『クロード様に一目惚《ひとめぼ》れしたから結婚したい』と言ってこちらの話を聞かないんだ。ルーチェが嫁《とつ》ぐにはお主の爵位が低すぎる。たとえ救国の英雄とはいえ、そう簡単に認めるわけにはいかない、そう本人に話したら……話したらな!!

『そんな意地悪を言うお父様なんて大嫌い』なんて言うんだぞ!!　私はどうしたら良いんだ!?」

愛娘《まなむすめ》に冷たくされた事を思い出したのか、国王が涙目になる。

「娘には相手が誰であろうと嫁いでほしくなかったが、親元を離れるのも子の成長……それに、娘に嫌われるなんて耐えられない!!　お主にはなんとしてでも伯爵位以上になってもらうぞ。絶っ対に……娘を娶《めと》ってもらうからな!!」

「え～～!?　……それって決定事項なんですか？」

「……国王である私の裁定《さいてい》だぞ。当たり前だ」

知らない女の子との結婚を命じられて不満そうなクロードに、国王が素っ気なく返す。

「さて、本題に入る。実は、スタンピード中のどさくさに紛《まぎ》れて、地下牢に閉じ込めていた極悪人――シリウスが脱獄《だつごく》しているのが発覚した。見張りに立っていた兵達が軒並《のきな》み刺殺《しさつ》されていたため、何者かが監獄に侵入し極悪人シリウスを連れ去ったと考えられる……行方《ゆくえ》は騎士団で調べているが、お前達には知らせておいた方が良いと思ってな」

そう告げた国王は、ベロニカを見てさらに続けた。

「王家が支援すると約束したミーガン家の再興だが……どうやら借金を返済する過程で、子爵夫妻が悪辣《あくらつ》な者に騙《だま》されてしまったらしい。奴隷《どれい》に身を落としてしまったというから、そんな二人を見つけてからが本番になるだろう。こちらもひとまずは王家で行方を追っておこう。私からの話は以上だ。これから『銀狼の牙』に新たな武器を与えるため、宰相に宝物庫へ案内させる……あ、男爵、お主の王都の屋敷は貴族区に用意する事になったからな。屋敷の鍵《かぎ》を渡すから、明日の昼までは王都に滞在しておくように。ではな」

国王は不機嫌そうに言うと、ムスッとした顔で応接室を出ていった。

「……という事なので、ここからは私が貴殿らを宝物庫まで案内させていただく。ではついてきてくれ」

クロード達は宰相の後に続いて応接室を出た。


そのまま少し歩き、王城の地下一階にある宝物庫に着く。クロード達は宝物庫前で宰相と別れ、宝物庫の警備をしている兵士の案内に従った。

「……色々と高価な品が保管されているんですね」

「ええ、何しろ王国の宝物庫ですので。毎年貴族の方達や商人から届けられる高価な品や珍《めずら》しい品が納《おさ》められています」

「なるほど」

クロードは兵士の話を聞きながら、宝物庫に納められている品々を次々と『鑑定』して確かめていった。

(ん〜、ケイ姉達が王国に返却した武器以上の代物となるとアイテムが限られてくるなぁ。丁度、ベロニカとナビーの新装備を作ろうと思っていたし、ケイ姉達『銀狼の牙』の装備も……)

「ねぇ、ケイ姉達の装備は俺が作って良いかな？　ひとまず今回の褒美は三人の新装備を作るまでのつなぎって事で、価値とか考えず、興味がある武器を選んで良いと思う。どうかな？」

　議論の結果、クロードがケイト達の装備を用意する事になった。

　ケイト、アイリ、マルティはそれぞれ、炎魔剣《えんまけん》フリート、グレートフレイムリザードの尾を使った火炎杖《かえんじょう》、エルダートレントの枝を使った大樹杖《たいじゅじょう》を選び、褒美として受け取るのだった。


　宝物庫を後にしたクロード達は王城を出て、夕食までの自由時間を各自で思い思いに過ごす事にした。

　クロードはナビーを連れて、ケイトとアイリ、マルティが宿泊している宿に向かう。ケイト達が今の宿を引き払い、『天の祝福』と同じ宿に泊まるそうなので、荷物を運ぶ手伝いをするためだ。

「みんな、荷物は宿にあるもので全部なの？　どこかに預けてない？」

「ええ、ないわよ。私達、クロードを追放してしまってから色々とあって、王都を出ていたの。最近はダンジョンに潜って修業をしていたから……意外と身軽なのよね」

「なるほどね。道理で最後に会った時よりずっと強くなっているわけだ……」

　アイリの説明を聞き、クロードは納得した。

　彼女の言う通り、『銀狼の牙』は持ち物が少ない。しかし……

ケイト達が泊まっている部屋の扉を開けて、クロードはため息をついた。

「荷物は少ないけど……マルティさん以外の二人は相変わらず整理《せいり》整頓《せいとん》がなってないなぁ。これはひどい。特にケイ姉、これを見たらおじさんとおばさんがなんて言うか……」

「……ッ!!　ク、クロード!!　お前は一言多いんだ、全く。私はこれでも少しはましになっているんだぞ！　両親だってそう言ってくれるはずだ！」

顔を真っ赤にして言い募《つの》るケイトに、クロードは苦笑いを浮かべた。

「まあ、ケイ姉とアイリさんの片付け下手は置いといて……それじゃあ、早く荷物を纏めよう。この宿をチェックアウトして、俺達の泊まっているところに行かなくちゃ」


クロード達が宿泊している宿に着く頃にはすっかり夕食時となっており、宿の食堂は大勢の客で混雑していた。

「思ったより時間がかかっちゃったね」

クロードがケイトとアイリの方をチラッと見て言った。

ケイトはばつが悪そうに謝る。

「……悪かったな。私とアイリの整理整頓がなっていなくて」

ケイトの言葉を聞きとがめ、アイリは「私はあなた程ひどくないわよ。一緒にしないで」とボソッと呟いた。

すると、今まで黙っていたマルティがゆっくりと口を開く。

「わたくしから言わせれば、お二人の整頓の出来なさにほとんど違いはありません。猛省してくださいませ」

マルティはケイトとアイリを堂々と貶《けな》した。

＊＊＊

翌日、クロード達は朝から王城の応接室に来ていた。

国王から王都の屋敷の鍵を受け取るためだ。

「これが鍵で、こっちが屋敷の場所が描かれている地図だ、受け取れ……よし、当初の予定は終わったな」

「ええ、では俺達はこれで――」

「待て、今からある人物と会ってもらう……ゴホン、ルーチェ、入ってきなさい」

クロードの言葉を遮《さえぎ》り、国王が言った。

すると部屋の扉が二度ノックされ、ついで少女の声で「失礼いたします」と挨拶が聞こえてくる。

入ってきたのは銀色の長髪をツインテールにし、少し幼さが残るものの聡明《そうめい》な雰囲気がある顔立ちをした美少女だった。活発な性格なのか、肌は健康的な小麦色に日焼けしている。

「……ここに座りなさい」

国王は自分の隣に少女を座らせた。

「うむ、クロード男爵に紹介しよう。この子がお主に娶ってもらう予定の我が娘、第二王女のルーチェだ。ルーチェ、挨拶しなさい」

「はい、お父様。ただいまご紹介にあずかりました、第二王女のルーチェと申します。クロード様に嫁げるなんて夢のようですわ。不束者《ふつつかもの》ですが、どうぞよろしくお願いします。お仲間の皆様もよろしくお願いしますね」

ルーチェはクロード達に無難《ぶなん》な挨拶をすると、「それでは私はこれで。失礼いたしました」とお辞儀をし部屋を出ていった。

応接室に入ってきて、クロード達に自己紹介をして、部屋を出ていくまで僅か数分。嵐《あらし》のようにやって来て去っていったルーチェの姿に、全員が呆気に取られる。

「よっしゃー!!　やりましたわ!!　大好きなクロード様とお話し出来ましたわ。しかも、尊敬するパーティの『天の祝福』と『銀狼の牙』の皆様とも挨拶出来ました！　今夜は良い夢が見られそうですわね!!」

扉の外から、ルーチェが叫ぶ声が聞こえてきた。

「……ははは。はぁ～……お主達、娘がすまぬな。どうやら緊張して硬《かた》くなっていたようだ。そのうちまた話をする場を用意するから、相手をしてやってくれ……ではそろそろ屋敷を確認してくると良い」

「……わかりました。では失礼します」

色々と言いたい事を呑み込んで、クロードは頭を下げた。


王城を出たクロード達は、国王からもらった地図に従って貴族区に建っているという屋敷へ向かった。

（ここが屋敷のはずなんだけど……なんか広すぎじゃないか？）

国王から賜った屋敷は、貴族区の中でも王城に近い一等地にあった。敷地内には三階建ての豪邸《ごうてい》と二階建ての屋敷が建てられており、それらがまるまる四つ分は収まるであろう程に広い庭までついている。

「なあ、ベロニカ。男爵位の貴族が住む家の敷地ってこんなに広いものなのか？」

「いや、普通はこの屋敷の十分の一の広さもあれば上等だ。我がミーガン子爵家が王都に所有していた館《やかた》でさえ、ここの六分の一くらいの広さしかなかった。これ程の豪邸だと、少なくとも伯爵、下手をすれば侯爵《こうしゃく》位にある貴族が所有しているレベルだ」

「マジか。俺みたいな奴にこんな豪邸を渡してどうするんだ……絶対に他の貴族に恨みを買うじゃん。こんな事でいらん問題までを抱えたくないんだけどなぁ」

ぼやくクロードをナビーが慰《なぐさ》める。

「仕方ありませんよ、マスター。マスターがルーチェ様を娶る事は決定事項みたいですし、そうなると嫁ぎ先には箔《はく》が必要です。王様はマスターにどんどん働いてもらって、最終的には伯爵位を賜るくらいの功績を挙げてほしいのでしょう。爵位が上がるたびに屋敷を建て替えるのは面倒ですから、今回は大きい屋敷をもらえてラッキーだと思えば良いんです」

「まあ、そうだな。それじゃあ、屋敷の中を見てみようか」

クロード達は屋敷内を見て回る事にした。

そこそこ広い玄関ホールを通り抜けると、一階にはパーティー用の大広間、だだっ広い調理場にダイニングがあった。二階には書斎《しょさい》や大浴場があり、三階には空き部屋が十数部屋もある。

「とにかく広いな。庭と呼ぶのも躊躇われるくらい大きな敷地の端っこにあった二階建ての屋敷は、使用人用の建物って事かな……？　結論から言うと、広すぎて俺達だけじゃとても管理出来ない。どうしよう」

「マスター、提案がございます。マスターは神人になった事で、召喚《しょうかん》魔法《まほう》が使えるようになったはずです。適当な者達を呼び出して、この屋敷の管理と警備をしてもらうのはどうでしょうか？　何かと便利だと思うのですが」

「そうだな。試してみようか」

　クロードはナビーの提案を採用し、だだっ広い庭に移動した。そして召喚魔法を使ってみる。

「『我は望む、強く賢《かしこ》き者を。我が呼びかけに応えよ』……『召喚』」

　クロードの詠唱《えいしょう》と同時に庭に巨大な魔法陣が浮かび上がった。魔法陣が発光し、回転し始める。

　発光が収まると、そこには一人の男と二人の女が立っていた。

　三人はしばらく辺りを見回す。男が質問をぶつけてきた。

「……少しよろしいですか。あなたが我々を呼び出した召喚主《しょうかんぬし》でしょうか」

「ああ、俺がお前達を呼び出した……でも、なんで俺が召喚主だとわかったんだ？」

　クロードの問いかけに、男はフンッと鼻を鳴らし、表情をほころばせる。

「あなたの纏っている魔力が、我々を召喚した神聖な力と酷似《こくじ》していたからですね。あの力……あなたはいったい何者なのですか？　あれは人間には絶対扱えない神聖な気配だった。そう……出来るとすれば、神か神に準ずる亜神くらいのもの。私がお仕《つか》えするに値《あたい》する方だと思い、召喚に応じたのですが……まさか悪魔族である私だけでなく、天使族と精霊族まで来るとは。計算外でしたねぇ」

悪魔族の男が少しおどけて話すと、黙って聞いていた天使族と精霊族の女達が唇《くちびる》を尖《とが》らせる。

「何が『計算外でしたねぇ』よ。普通、神聖な力による召喚に悪魔族は見向きもしないはず。ルシファー、あなたが率いる変わり者が集まった悪魔族が例外なだけでしょ。あなたもそう思うわよね？」

「その通りだよ。ミカエルみたいな天使族や僕のような精霊族ならわかるけど……なんで君まで来ているの～？」

呼び出された三人は何やら言い争いを始めた。

（……ん？　この三人はもしかして知り合いなんだろうか？　まあ良いや。このまま言い争いをさせていると一向に話が進まなそうだから、喧嘩《けんか》をやめさせて事情を聞こう）

口喧嘩を止められ、三人はクロードの前に正座した。

三人から聞き出したところ、どうやら悪魔族、天使族、精霊族は関わりがあるものの、種族仲が悪いらしい。

特に悪魔族は他の二種族と犬猿《けんえん》の仲らしく、顔を合わせる度に口論をし、ひどい時は武力を行使した小競《こぜ》り合いに発展するとの事だった。

王都でのスタンピードを受けて、クロードはマールから悪魔族の存在について聞いていた。

その話によれば、悪魔族は魔王を王に戴《いただ》き、ここ地上界の事は手下である魔族に丸投げし、もっぱら敵対している天界と精霊界の侵略に心血《しんけつ》を注いでいるような種族のはずなのだが……

（しかし、この悪魔族の男……ルシファーと配下の悪魔族は穏健派《おんけんは》みたいだな。他の悪魔族とは違うから、悪魔の世界――魔界では異端者《いたんしゃ》扱いされているらしいけど、いったいどのくらいの階級なんだろう？）

色々と考え込んでいたクロードは、ひとまず目の前の問題を片付ける事にした。

「それで……君達三人は俺と契約してくれるの？　それならさっさと済ませたいんだけど」

クロードが尋ねると、天使族の女性……ミカエルは真っ先に頷く。

「はい。あなたのような素晴らしい召喚主と契約が出来るなんて、至上の喜びですわ。あなた達はどうするの？」

「私もぜひ、あなた様と契約させていただきたいと思います」

「僕も同じく～」

ルシファー、そして精霊族の女も申し出てくる。

「そうか、じゃあ契約しちゃおうか。ええっと……どうすれば良い？」

「本来の契約なら、主から名前をいただいて完了するのですが……我々は既に名前を持っていますので、それをそのまま付けていただくと良いと思いますわ」

「わかったよ。確か、天使族の君がミカエルで、悪魔族の君はルシファーだろ？　それで精霊族の君は――」

「僕の名前はシャリナだよ」

言葉に詰まったクロードを見て、精霊族の女――シャリナが名乗る。

「シャリナか。これから色々と仕事をお願いする事になるけど、よろしく頼むよ」

クロードが三人の名前を呼ぶと、各自の足元に魔法陣が現れて三人の体に溶け込んだ。

「よし、これで契約が完了したみたいだね。それじゃあ、早速仕事を頼みたいんだけど……大丈夫か？」

クロードが聞くと、三人は恭《うやうや》しく跪いた。「「「なんなりとお申し付けください」」」と言って、頭を下げる。

「じゃ、遠慮なく。まず、三種族で分担してうちの屋敷の管理と警備、クラン情報の伝達や諜報の仕事をやってもらいたい。種族ごとの適性をよく知らないから、割り振りは任せたいんだけど……意見を聞かせてくれる？」

召喚組の三人と話し合った結果、王都の屋敷やネックにこれから作るクランハウスの管理は天使族が、それらの警備は悪魔族が、仲間達への情報の伝達や諜報は精霊族が中心に行う事になった。

三人ともそれぞれの種族において、かなりの力と多くの配下を持つ実力者であったらしい。

役割分担を終えたクロードは、早速仕事に入ってもらう事にする。

「とりあえず、ルシファーとミカエルには王都の屋敷の管理と警備をしてほしい。クランハウスが出来次第、そっちの方も頼むよ。シャリナは配下の誰かを国王陛下のところに行かせて、今後の伝達役として自己紹介をさせてほしい。それが終わり次第、俺の仲間……ベロニカの家族の行方について情報を集めてほしいんだ。王家の人も探してくれるそうだけど、人員は多い方が良いからね。どこにいるのかさっぱりわからないんだけど、出来る？」

「うん。大丈夫だと思うけど……情報がちっともないから、時間はかかると思う。それでも良いんだね、主？」

「ああ。勿論、早いに越《こ》した事はないが、信憑性《しんぴょうせい》の高い情報を集めてきてくれれば良い。期待しているよ、シャリナ」

「わかった〜〜。まあ、実際に情報を探ってくるのは僕じゃなくて、僕の配下の者達だけどね。彼らを国王のところへ行かせよう。しっかりと働くように言っておくよ」

「よし、それじゃあネックに行こう。ルシファーとミカエル、シャリナも俺達についてきてくれ。ここを任せる配下とはいつでも連絡が出来るようにしておいてほしい」

クロードの指示で、ルシファー達三人は配下の者を数人呼び出した。そして、王都の屋敷の管理と警備、国王への伝言を任せる。

屋敷を出たクロード達は王都の冒険者ギルドへ向かうと、緊急転《きんきゅうてん》移《い》陣《じん》を用いてネックへ帰還した。

＊＊＊

場所は変わって、王城にある国王の執務室《しつむしつ》。

国王、バージェスは今回のスタンピード事件で溜まりに溜まった書類の処理に手を焼いていた。

「我が国の一大事が無事に片付いたのはめでたい事だが……なんなんだ、この書類の山は!?　確認しても確認しても、全く減る気配がない！」

頭を抱えて叫んでいると、背後から声がかかる。

「失礼しているぞ。お前がこの国の王だな」

「……うお!?　だだだ、誰だ、お前は!?　いったいどこから入ってきた!?」

バージェスが慌てて振り向いた。

「フンッ、そんな事はどうでも良い……が、一応教えておいてやるか。オレは自然の精霊王シャリナ様の眷属《けんぞく》、大樹の最上位精霊だ。名はない。今日は我が主の契約主である、クロード様の言葉を届けに来た」

「自然の精霊王に、大樹の最上位精霊だって!?　あのバカ者、こんな大物を伝言係にしおって……ごほん、それではクロード男爵からの伝言を伺おう」

「うむ、『俺達はネックに帰ります。今後のやり取りは基本的にシャリナの配下の者に任せるので、よろしくお願いします』とおっしゃっていた」

「なるほど、承知した。つまり、男爵に伝言を頼みたい時はそなたを介せば良いのだな。しかし、普段はどうやってそなたを呼び出せば良いのだ？」

「それは――」

大樹の最上位精霊が連絡方法を言おうとした時、突然執務室の扉が開かれた。

「お父様!!　クロード様について聞きたい事が――あら、お客様がいらしてたんですのね。大変失礼いたしましたわ。私は出直してまいります」

「いや、よい。ルーチェ、こっちに来なさい。こちらの方にお前を紹介したい。クロード男爵の関係者だ」

国王はルーチェを応接用のソファーに座らせると、大樹の最上位精霊に紹介する。

「大樹の最上位精霊殿、この子は我が娘のルーチェと申します。将来的に、ほぼ間違いなくクロード男爵に嫁ぐ事になるのでお見知りおきを」

「よろしくお願いしますわ、大樹の最上位精霊様……あの、失礼とは存じますが、お名前はございませんの？　呼びにくいですわ」

ルーチェの不躾《ぶしつけ》な発言に、バージェスは固まった。機嫌を損《そこ》なっていないか戦々恐々《せんせんきょうきょう》としつつ、大樹の最上位精霊の様子を窺うと……

「……ふふ……ふははは！　これは愉快《ゆかい》。このオレが最上位精霊だと知りながら、こうも不遜《ふそん》な話し方をするか！　……ん、オレはこの娘が気に入ったぞ、国王。オレがこいつと契約してやろう。クロード様に何か伝えたい事がある時は、この娘を呼べ」

「む、娘と契約をしてくれるというのか。それは、とてもありがたい事だ。ぜひとも頼む」

「うむ。では娘、オレに触れて魔力を少し流せ。そしてオレに名を付けろ。それで契約が済む」

ルーチェは言われた通りに大樹の最上位精霊の額に触れた。そして魔力を流しながら、「今日からあなたの名前はパルですわ」と呟く。

大樹の最上位精霊に、パルという名が付いた。

「フンッ、パルか……可もなく不可もなくといった感じの名だが、まあ良いだろう。国王、これで娘との契約は完了だ。オレはこの娘の中に宿る。用が出来たら呼べ。ではな」

大樹の最上位精霊改めルーチェの契約精霊パルは、彼女の体の中に消えていった。

パルを体に宿したルーチェは、「ちゃんと名前で呼んでください、パル」と胸をギュッと押さえながら文句を言い、バージェスに一言もなく執務室を出ていった。

「……この数日で色んな事が起こりすぎだ。ドッと疲れたな……」

バージェスはここ数日で急激に老《ふ》け込んだ顔を手で覆い、指の隙間から書類の山を見た。

「……この書類、本当に今日中に処理しないとダメなのか？　それにルーチェの奴、ここにいったいなんの用で来たんだ？」

ため息を吐いたバージェスは、ノロノロと書類の処理を進めていくのだった。

＊＊＊

王都を発《た》ったクロード達は、緊急転移陣で迷宮都市ネックの冒険者ギルドに到着した。

色々と報告すべき事があるので、ネック支部のギルドマスターを探す。

クロード達は転移陣を管理する職員に話を通し、ギルドマスターがいるギルド長室まで連れていってもらった。

「ん!!　王都での活躍、よくやったな。王都のサブギルドマスターからも事情は聞いたぞ。今回のスタンピード事件については、王家からの緊急依頼を達成した……という扱いになるそうだ。お前達の冒険者ランク昇格と報奨金《ほうしょうきん》の支度をするから、少しここで待っていてくれ」

ギルドマスターはそう言って、執務机の上に置いてあった大きめの呼び鈴《りん》を鳴らした。

しばらくすると、部屋の扉がノックされる。

「ギルドマスター、お呼びでしょうか」

部屋に入ってきたミレイはクロード達の姿を一目見るや、その場で固まってしまう。

「おお、ミレイか。クロード達の冒険者ランク昇格の手続きと、緊急依頼達成の報奨金を用意して――ん？　おい、話を聞いているのか、ミレイ？　どうしたんだ？」

ギルドマスターの呼びかけで、やっとミレイが我に返った。

ミレイは両目からボロボロと大粒の涙を流し、嗚咽《おえつ》を漏らす。

そして膝から崩れ落ち「うぅぅぅ……よ、良かったぁぁぁ。み、みんな生きてて良かったよぉぉぉぉ！」と号泣した。


ミレイが泣きやむのを待って、ソファーに座ったギルドマスターは再びミレイに指示を出した。

「……もう気が済んだか？　じゃあ、諸々《もろもろ》の手配を頼むぞ」

「……グス……ズビビ……はい。じょう……じょう……おまぢ……ぐださい!!」

ミレイは鼻をズビズビと鳴らし、人数分のギルドカードを載せたトレイを持って、ギルド長室を後にした。

「……待たせてすまなかったな、クロード。でも、大目に見てやってくれ。ミレイの奴、王都でスタンピードが起きた事を聞いてから、お前達の身が心配で仕事が全然手につかなくなっちまってな……ここだけの話、この何日かはずっとうわの空。心ここにあらずって状態で、使い物にならなかったんだよ。お前達が無事に帰ってきてくれて、俺としても嬉しい限りだ」

ギルドマスターは自分の膝をバンッと叩き、ソファーから立ち上がって執務机へ向かう。

「それで『天の祝福』と『銀狼の牙』を統合させるって話だが……『天の祝福』に『銀狼の牙』が入る形で良いんだよな？　あ、あと、さっきから壁際で突っ立っている知らない顔の三人は冒険者登録するのか？　統合の手続きのついでに、俺がささっとやってやるが……」

「そうですね。これから何が起こるかわからないし、一応登録しておいた方が良いかも……ルシファー、ミカエル、シャリナ、それで良いか？」

クロードの問いかけに、ルシファーが答える。

「契約者であるクロード様が決めた事に、私どもが反対するはずがございません。そうだろ？　お前達」

ルシファーは少し挑発的にミカエルとシャリナに水を向けた。

「当たり前ですわ。クロード様は我らにとって神にも等しいお方、反対などありえません」

「僕も右に同じく～」

「……という事なんで、彼らの冒険者登録もお願いします」

（……俺の事を全肯定《ぜんこうてい》しなくても良いのに。少しは反対したり、違う意見を言ってくれたりした方が助かるんだけど）

主を立てようとする召喚組を見て、遠い目をするクロードだった。

パーティ統合の手続きとルシファー、ミカエル、シャリナの冒険者登録を済ませ、ギルド長室でミレイが戻ってくるのを待っていると、シャリナがクロードのそばに来て耳元で囁《ささや》く。

「さっき、王様のところに送った最上位精霊から連絡があったんだけどね。ルーチェちゃんが気に入ったから、契約する事にしたんだって」

「へ～、ルーチェ様に精霊と契約出来る才能があったのか。うん。良いんじゃないかな。『ルーチェ様や国王陛下の護衛もしてあげてね』って言っておいてくれる？」

「わかった。伝えとくね～」

シャリナはルシファーとミカエルが立つ壁際に戻った。『念話』のようなスキルがあるのか、早速ルーチェのところの精霊と連絡を取っているらしい。

自分の様子を窺っているクロードに気付き、シャリナが両手で丸を作ってみせる。

（ふう、どうやらあっちは大丈夫そうだな……ん？　そろそろミレイが戻ってくるみたいだ）

『気配探知』でミレイの接近を感じ取ったクロードは、ソファーに座り直し、扉を見つめる。

ギルド長室に入ってきたミレイは、顔に営業スマイルを張り付けていた。

「大変お待たせしました。こちらが皆さんのギルドカードと今回の緊急依頼の報酬となります。どうぞお納めください」

そう言って、クロード達への対応を完璧にこなす。

そんなミレイを見て、ギルドマスターが話しかける。

「ああ〜、ミレイ。かなり早いが、今日の業務はもう終わりで良いぞ。クロード達と積もる話もあるだろう。あっ、それとクロード。お前は明日もギルドに来いよ。クラン設立の件で話があるから。今日はこれで解散だ。お疲れ!!」

ギルドマスターは強制的に場をお開きにし、クロード達とミレイをギルド長室から追い出した。

部屋に残ったギルドマスターが独り言ちる。

「はぁ〜……クロード達がクランを設立するって事は、十中八九ミレイをクランに引き抜くだろうし……早いとこ新しい受付嬢を募集しないとな。王都のギルド本部に受付嬢の派遣申請を出しといた方が良いか。これからしばらくは大忙しだな、こりゃ」

ギルドマスターにギルド長室から追い出されたクロード達は、とりあえずクランハウスが出来るまで泊まる場所を確保するために、ミレイの案内で冒険者ギルド直営の宿へ向かった。

道すがら、ミレイが宿の解説をする。

「Sランク以上の冒険者であるクロード達はギルドのサービスで宿泊料がタダになるわ。さっき登録したばかりの三人も新米冒険者だから割引が利《き》くの。食事も値段以上に美味しいし、おすすめよ。ずっと泊まるわけでもないんでしょ？」

「うん、良い宿だと思う。そこにするよ。こうして無事に帰ってこられた事だし。帰還を祝《しゅく》して軽くパーティーでもしよっか。ミレイにも言っておきたい事があるし……良かったら参加しない？」

　クロードが提案すると、ミレイはニコッと笑った。

「ええ、とても良いわね!!　私がどれだけみんなの事を心配していたか、じっくり話してあげるから。最後まできっちり付き合いなさいよ！」

「はいはい。わかっているって。心配してくれて、ありがと」

「な、何よ!!　べ、別にクロードだけを心配していたわけじゃないんだからね。み、みんなの事を心配していたんだから。勘違《かんちが》いするんじゃないわよ」

　クロード達は急にモジモジし始めたミレイに連れられて、冒険者ギルド直営の宿屋に入った。

　仲間達に食堂の席を確保しに行ってもらっている間、クロードは宿屋の受付に向かう。そして受付で帳簿《ちょうぼ》を書いていた宿の主人に話しかける。

「すみません。宿泊したいのですが、部屋は空いていますか？　人数と期間は――」

　クロードの説明に、宿の主人が頷く。

「それなら大丈夫だよ。でも……」

そう言って、男はクロードの背後を見た。そこには、いつの間にかボロ達五つ子狼が勢揃いしている。

宿の主人は再びクロードに視線を戻した。

「そちらのモンスターは仲間だよね？　従魔と一緒に泊まるのなら、広い部屋を用意した方がいいかい？」

「あ、大丈夫ですよ。従魔達には、ここに――亜空間に入っていてもらうので」

クロードが亜空間のゲートを開いてみせると、男は目を丸くした。しばらく固まっていたが、やがて我に返る。

「はっ！　な、なるほど、それなら問題ないな。朝食はあそこの食堂で食べてくれ。食事代の支払いは、その都度食堂のカウンターで頼む。それで……これが部屋の鍵だ。二階の端から順に三部屋を用意したから、ごゆっくり」

クロードは宿の主人から三部屋分の鍵を預かり、ナビーやミレイが待つ一画へ向かう。

お酒を飲んだり、料理を食べたりと、仲間達は早くもパーティーを始めていた。

「あ〜〜!!　やっと来たぁぁ。遅いのよ、クロードォォオ。この私が一緒に食事するんだから、もっと早く来なさ〜い……う――」

「う？」

やけに間延《まの》びした口調で責めてくるミレイを見て、クロードは首を傾げる。

「うわぁぁぁぁん……ズビ、ズビ……スン、スン……みんなが無事で良かったぁぁぁ……ス〜、ス〜……」

張り詰めていた緊張の糸が切れたのか、ミレイはテーブルに突っ伏して寝入ってしまった。

「……え!? まさかミレイ、寝ちゃったの!? これは……起きそうにないな。仕方がない、みんなは先に食事してて。俺はミレイをギルドの職員寮《しょくいんりょう》まで運んでいくから」

クロードの言葉に、ルシファーが「でしたら私がやりましょうか」と申し出た。

しかしクロードは「いや、俺が運んでいくから大丈夫だよ。みんなはご飯を食べて待ってて」と言って断り、ミレイを背負って宿を出ていく。

「……前にも一度だけ運んだ事があったけど、その時よりも少し軽く感じるな。俺の力が強くなっただけかもしれないけど……大分心配かけちゃったみたいだな」

「……そうよ〜。私の事も、みんなみたいに大事にしなさい……ス〜、ス〜」

クロードの独り言に、急にミレイが返事をした。驚いてミレイの様子を窺うが、耳元で規則正しい寝息が聞こえてくるばかりだ。

どうやら寝言だったらしい。

「……了解しました。眠り姫様」

クロードはミレイを起こさないように職員寮まで送り届けた。

丁度玄関に出ていた寮母さんにミレイを預けると、一人、宿へ戻るのだった。


一方、食堂に残ったナビー達はというと……

「ねえねえ～、ナビー様～。さっきクロード様が背負っていったミレイって人、いったいどんな子なの？」

シャリナの問いにナビーがなんと返すのか、ルシファー、ミカエルは聞き耳を立てる。

召喚組だけでなく、今までミレイとはあまり接点がなかったケイト達元『銀狼の牙』の面々も興《きょう》味《み》津々《しんしん》だ。

「そうですね……ミレイさんは、マスターが『銀狼の牙』を追放されて最初に関わった方の一人です。正直に申しますと、マスターとの関係はあまり良いものではありませんでした。『万能者』のジョブが覚醒していなかったマスターは最弱と言って差し支《つか》えなく……今では考えられない程弱かったのです」

「へ～……今の主はとんでもなく強いのに。クロード様にそんな時期があったんだね～」

「ええ、あったんですよ。パーティを追い出されたマスターは、最後の拠《よ》り所としてギルドを訪れました。当時のマスターは本当に弱く……冒険者の道を諦《あきら》めさせて、新しい道に進んでもらった方が良いと判断したのでしょう。ミレイさんはソロで活動しようとするマスターを何か月も説得していました。しかし、マスターは諦めませんでした。それどころか、命懸けでキラーボアを狩《か》ってくる始末です」

そこで一度言葉を区切り、ナビーはさらに続ける。

「やがてマスターは『万能者』を覚醒させたのですが……ずっと諦めない姿に、ミレイさんも心を打たれたのでしょう。それからというもの、彼女はマスターを献身的《けんしんてき》にサポートしてくださるようになったんです。相談相手になったり、強くなってもらうべく教官を紹介したり……そして、彼女がネックに転勤する事が決まった時には、マスターに『会いに来てほしい』と伝えたのです。当時の私は、マスターのスキルの中に宿る概念のような存在でしたから、正直に言ってミレイさんにはもの凄く嫉妬をしました」

自分の中の気持ちを赤裸々《せきらら》に明かしつつ、ナビーは話を締めくくる。

「ミレイさんはどうしようもなくマスターの事が好きなんですよ。まあ、本人は全力で否定するでしょうけど。あの人は素直じゃありませんからね」

その後も色々な事を話しながら食事をしていると、クロードが宿に戻ってきた。

「あ！　マスター、お帰りなさい。ミレイさんは大丈夫でしたか？」

「ああ、ミレイなら寮母さんに任せてきたよ。今頃は気持ちよく自分の部屋で寝ているんじゃないかな」

クロードの答えを聞いて、ナビーは満足そうに笑った。

「そうですか。では、マスターも一緒に食べましょう」

「ああ」

クロード達は食堂が閉まるギリギリまで食事を楽しむと、それぞれの部屋に行って眠りに就いたのだった。

＊＊＊

翌日。クロードは仲間達と別行動を取り、一人で冒険者ギルドへやって来た。

受付ではミレイが元気に働いている。

「おはよう、ミレイ。ギルドマスターとの約束で来たんだけど、いるかな？」

「あら。クロード、おはよう。ギルドマスターに確認を……あっ！　そうだ。私、昨日のパーティーで何か変な事しちゃった？　クロード達を宿に案内してからの事、全然覚えてないのよね……」

ミレイは首を傾げながら、今朝の出来事を思い返して言う。

「寮を出る時に寮母さんから温かい目を向けられるし、同僚《どうりょう》には『あんな優良物件を捕まえるなんて羨ましい!!』とかよくわからない事を言われたし……そもそも、自力で寮に帰った記憶がないわ。昨日何があったの？　クロード、知ってる？」

「ははは……ああ～、その～……昨日はなんだか疲れていたみたいで……お酒を飲んだミレイが直ぐに眠っちゃったから、俺が寮まで運んだんだよ。あ、安心して。俺が運んだのは寮の玄関までで、部屋に寝かせてくれたのはたぶん、寮母さんだと思うから」

「あちゃ～。そうか～……なんかご迷惑をかけたみたいね。すみませんでした」

ミレイはばつが悪そうな顔でクロードに謝ると、話を逸《そ》らすように「ギルドマスターに確認を取ってくるわね」と言い残して受付を離れていった。

しばらく待っていると、ミレイが受付に戻ってくる。

「ギルドマスター、今なら丁度手が空いているみたい。ギルド長室まで通すわ」

「そっか、それは良かった」

クロードはミレイの案内でギルド長室を訪れ、中に入る。

「おお！　クロード待っていたぞ。それじゃあ早速クランについて話を詰めていくか。ほら、そこのソファーに座れ」

クロードは勧められるままソファーに座る。

ギルドマスターは執務机の引き出しから何枚かの書類を取り出し、向かいのソファーへ腰を下ろした。

「それじゃあ早速……この三枚の書類に署名を頼む。二枚はギルド本部に提出するやつで、もう一枚はお前がクランで保管しておく分だ」

クロードはさらさらと署名を済ませる。

「――よし、書けました。次は何をすれば良いですか？」

「えっと、次はクランハウスの件を詰めよう。まず、クランハウスは一から建てるのか、それとも既にある物件を買い取ってその物件をクランハウスにするのか。どっちにする？」

「そうですね……一から建てたいと思います。良い場所を知りませんか？」

「……ふん、お前ならそう言うと思っていたよ。いくつか不動産屋を紹介出来るが……一番おすすめなのは、冒険者ギルド直営のギルド不動産だ。きっと良い土地を探してくれると思うぞ」

「ギルド不動産か……わかりました。ありがとうございます、早速行ってみます」

「ああ。場所が決まったらもう一度ギルドまで来てくれ。クランハウスの住所登録とか、クラン名を決めるだとか、まだまだやらないといけない手続きがあるんだ。あ、あと、クランハウスを建てる時は俺に言うと良い。良い建築屋を紹介してやるから」

「助かります」

クロードはお礼を言ってギルド長室を出た。そして、ギルドマスターに勧められた不動産屋に向かってみるのだった。


大通りを商業区の方に向かってしばらく歩いていくと、建物の絵が描かれた看板《かんばん》が掲《かか》げられた店が見えてくる。

「んん……あれがギルドマスターが言っていた冒険者ギルド直営のギルド不動産かな？　中々立派な店構えだ。どんな土地があるのか、楽しみだな」

クロードがワクワクした心持ちで店内に入ると、店員らしき男がこちらに近寄ってきた。

「いらっしゃいませ。物件をお求めでしょうか？　冒険者の方でしたら、いくらか割引が利きますが」

「はい、俺は冒険者です。ただ、今日は物件ではなくて土地を探しに来ました」

「土地ですか。失礼ですがその土地の用途はどのように？」

「近々設立するクランの拠点にしたいんです。どこか良さそうなところはありませんか？　条件は――」

クロードが現在予定しているメンバーの数などを伝えると、店員は顎に手を当てた。

「なるほど……失礼ですが、一応ギルドカードを拝見させていただいても？」

クロードは懐《ふところ》からギルドカードを出し、店員に手渡した。

「こ、これはこれは……ＳＳランク冒険者の方でしたか……！　大変失礼いたしました。今回のお求めは土地でしたね。少々お待ちください。ただいまご用意いたしますので」

店員はそう言って店の奥へ行った。クロードは近くにあった椅子に腰かけて待つ。

直ぐに店員は戻ってきた。

「お待たせしました。こちらがお客様のご希望に合う土地となります」

土地の詳細が書かれた紙をいくつか見せながら、店員が順を追って説明していく。

「こちらの土地は迷宮都市ネックの中心、すなわち迷宮の近くになります。少し狭《せま》いですが、迷宮にも冒険者ギルドにも比較的近いので、まあまあおすすめです。え〜、二つ目は――」

店員の話によれば、一つ目の土地は狭いが利便性が良い。

二つ目は工業区にある土地。広さのわりに、値段がとにかく安いのだが……鍛冶《かじ》屋やら錬金術《れんきんじゅつ》の工房やらが多く、一日中うるさいという問題を抱えている。

最後の土地は、迷宮都市ネックの郊外にあるそうで、とても静かでゆっくり過ごせるのが売りだという。土地はとても広く、そこそこ大きい屋敷を建ててもなお余る程。畑と牧場を作れるくらいには余裕があるらしい。

三つの土地を見比べて、クロードは口を開く。

「よし、決めたぞ……この最後の土地にします。値段は一番高いみたいですが、問題ありません。直ぐに手続きをしてくださって構いませんよ。お金はこの場で支払います」

「は、はい。ただいま土地の権利書をお持ちいたします……と言いたいところですが、現場をご確認いただいてから契約を進めましょう。その方が、お客様も都合が良いでしょうし」

店員の案内で、クロードは購入予定地に向かった。


その土地は、とにかく広大だった。

見渡す限りの草原で何もない。店員の話では、周囲には民家がいくつか建っているとの事だったが、それさえも遠目に小さく見えるだけだ。

(うん、悪くない！　土地は荒《あ》れていないし、何より不動産屋の人が言っていた通り、王都の屋敷ぐらい大きなクランハウスを建てたとしても、まだまだ土地が余りそうだ。従魔達が過ごすリラックススペースに、畑と牧場を作るとして……う～ん、夢が広がるなぁ！)

クロードは店員に「やっぱりこの土地を購入したいです」と伝えた。

「書類の文面で確認するだけじゃなくて、こうやって実際に現地に来ないと、わからない事ってあるんですね……この土地でどうやってクランハウスを建てて運営していくか、なんだかイメージが湧きました。ありがとうございました」

権利書に署名をしながら、クロードは店員にお礼を言った。

「よし、ギルドマスターに報告に行ったら、みんなに意見を聞いてアイディアを出し合おう。あっ、ミレイにクランの受付嬢を頼めないか聞いてみないと……意外と忙しいなぁ」

これからの予定を立てながら、クロードはギルドに向かった。


「……あ！　いたいた……ミレイ、さっきぶりで悪いんだけど、ギルドマスターにクランハウスの件で会いたいんだ。今時間が空いているか、確認を頼めるかな」

「ええ、良いわよ。ちょっとここで待っていて」

ギルドマスターに時間を取れるか確認しに行ったミレイは、しばらくして受付カウンターに戻ってきた。

「今なら大丈夫みたいよ。ギルド長室の場所は、案内しなくてもわかるわよね？」

「ああ、ありがとう。それと……今日の業務って何時くらいに終わる？　あとでミレイに話したい事があるんだ」

「え、今日の業務？　それならもうそろそろ終わるけど……私に話したい事があるなら、あなたが戻ってくるまでここで待っていましょうか？」

「そうしてくれると、ありがたいな」

「わかったわ。ほらさっさと行きなさい。ギルドマスターが待っているわよ」

「ああ、じゃあ、ちょっと行ってくる」


ギルドの一階でミレイと別れ、クロードは二階の奥にあるギルド長室の扉を叩いた。

直ぐに部屋に通され、ギルドマスターが座るソファーの向かいに腰を下ろし、クラン設立に関する残りの手続きをこなす。

ギルドマスターが呆れたように言った。

「しかし、まさか即決で購入してくるとはな。驚いたぞ!! 相当良い土地だったみたいだが、住所から推察するにネックの郊外にあるようだな。本当にここで良かったのか？ 正直、俺としては、利便性があまり良くないと思うのだが」

「そうですね。確かに、普通に考えたら都市の中心部から遠いし、周囲に店もないので利便性が悪すぎます。でも、俺達にとって利便性はどうでも良いんです。クランに対する依頼受付は、迷宮都市の中心地に別の物件を用意して、そこで引き受けるつもりなので」

「何？ それじゃあ、郊外に建てるクランハウスはいったい……」

「そっちは拠点にしようかと。俺達クランメンバーの生活拠点です。ギルドからの依頼は、郊外のクランハウスじゃなくて受付の方にお願いします」

「なるほど……贅沢《ぜいたく》な買い物をしたな。わかったよ。ちなみに、建築屋の紹介は必要か？」

「クランハウスは俺が魔法で建ててみます。だから、いらないかと……」

「そうか。となると、残る課題はクランの名前だけだが……もう決まっているのか？」

「いいえ、まだです。みんなで話し合って決めたくて」

「んん、それが良いな!!」

話が一段落して、クロードは席を立つ。

「色々とありがとうございました。今日はこれで帰ります。ミレイと話をする約束をしているので……」

「ふん、やっぱりミレイを受付嬢として引き抜くつもりか……まあ良い、連れていってやってくれ。あいつもそれを望んでいるだろ……ただし、邪険《じゃけん》に扱ったら承知しないからな」

「勿論わかっています」

クロードはそう答え、ギルド長室を後にした。


一階に下りてきたクロードはギルドに併設された酒場で待っていたミレイと合流し、席に着いた。

「……あ、やっと来たわね。エールを二つと、何か適当に摘《つま》める物をお願いします」

ミレイは酒場の店員に注文し、店員が去っていくと直ぐに尋ねてくる。

「それで、話っていうのは何かしら？」

「ああ……単刀直入に言う。ギルドの受付嬢を辞めて、俺達のクランに来てほしいんだ。ミレイになら、クランの受付や経理を安心して任せられる。ミレイ、お願いだ!!　……そ、それに、俺は、もっとミレイと一緒にいたいんだ!!　……い、いずれは……そ、その、け、結婚を――」

「はい、そこまで。ここから先はあなたの仲間……他のお嫁《よめ》さん達に相談してから言ってよね。で、クランの事は任されました。正直、ちゃんと誘ってくれるかドキドキしながら待っていたんだから……もっと早く言いなさいよね。もう、バカッ！」

頬を赤く染めたミレイにポカポカと叩かれてしまったクロードだが、なんとか彼女の引き抜きに成功するのだった。

たっぷりと食事を楽しんだクロードとミレイは酒場を出た。

依頼帰りの冒険者達で賑《にぎ》わう大通りを歩き、クロードは酒を飲みすぎてうつらうつらとしているミレイをギルドの職員寮まで送り届ける。

そして、月明かりが照らす夜道を駆け、宿へ急いだ。

やがて、クロードが泊まっている宿が見えてきた。何かを焼いているのか、扉の向こうからは甘《あま》辛《から》いタレの匂《にお》いが漂《ただよ》ってくる。

クロードは扉の外に身を潜《ひそ》め、そっと中を窺った。

宿の中からケイトとナビー、マルティの話し声が聞こえてくる。

「クロードはまだ帰っていないのか？」

「はい。先程部屋を訪ねてみましたが、マスターはまだおらず……もしや、クランハウスの件でギルドマスターとお話しされているのでしょうか？　マスターの見ている景色を共有しようかとも思いましたが、緊急時でもないのにプライベートを詮索《せんさく》するのは躊躇われ……」

「それはそうですが……少し帰りが遅すぎませんか？　もし本当にギルドマスターとの話し合いで遅くなっているのなら、わたくし、明日ギルドに行って釘《くぎ》を刺してまいります。『これからはなるべく早く帰らせてくださいね』って」

帰りが遅いのを心配して、ナビー達は食堂でクロードの事を待っているようだ。

三人共席に着いてはいるものの、どこか不安そうにそわそわしている。

（帰りが遅くなるのを伝えてなかったから、心配させてしまったみたいだな。怒られるかもしれないけど、仕方がないか……）

隠れているのが申し訳なくなったクロードは、扉に手をかけて宿に入った。

そしてゆっくりと食堂に近づく。

クロードがこそこそと動いていた時だった。食堂のテーブルを占拠《せんきょ》していた酔《よ》っぱらい四人組がナビー達の卓《たく》に近づき、なれなれしく声をかけたのだ。

酔っぱらいの一人に肩を組まれた瞬間、ケイトは眉《まゆ》を吊《つ》り上げ、鬼《おに》の形相となった。自身の肩に置かれた男の腕を容易《たやす》く捻り上げ、床へ押し倒して拘束する。

「貴様……汚《きたな》らしい手で私に触ったな!? 私に……私に触れて良いのは、クロードと仲間達だけだ!! 覚えておけ!!」

このままではケイトが相手に怪我をさせてしまう。

クロードは急いで食堂に入って、大声を上げた。

「俺の連れに絡《から》むな! ケイ姉、怒る気持ちはわかるけど、その人の手を離してやって。それ以上やるとそいつの腕の骨が折れちゃうよ。そうなったら面倒だろ」

クロードは少し殺気を放ち、酔っぱらい四人衆を睨みつけた。そして、依然《いぜん》として一人の男を床に押し倒しているケイトに目線を合わせ、優しく諭《さと》す。

ケイトはクロードの言葉に従い、しぶしぶ男の腕を離した。

クロードは声を荒らげ、酔っぱらい達を脅《おど》す。

「……いつまでこっちを見ているつもりだ？ もう飯は食べ終わっているんだろ？ ……さっさと

金を払って帰れ！」

　食堂のおばちゃんに金を払い、酔っぱらい四人衆は慌てて出ていった。

　クロードは食堂のおばちゃんに近寄り、謝る。

「……俺の我儘《わがまま》でお客さんを帰しちゃって、すみません。まだ食堂を閉める時間じゃないですよね……そうだ。俺、お腹が減ったんです。今から食事を作ってもらえますか？　追い出した人の分まで食べます」

「任せな!!　その代わり、たんと食べてもらうからねぇ」

「わかっています。夕食はもう済ませていると思うけど、ナビー達も何か食べるか？　話しておきたい事があるんだ」

「そうですね。私達も何か軽い物をいただきます。話も聞かないといけないようですしね」

　その後、クロードは注文した料理を食べながら、帰りが遅くなった理由――ミレイをクランの受付嬢としてスカウトしていた事を伝え、謝罪した。

　また今日の成果として、不動産屋で土地を購入した事なども話す。そして、明日、その土地にクランハウスを建てるつもりである事、将来的にはミレイにもクランハウスに住んでもらおうと思っている事も話した。

「――という事で、明日の午前中はクランハウスの内装について、ミレイも交えてみんなで話し合おう。午後からはクランハウスを建てるから現地に行ってみない？　明日は忙しくなると思うけど、よろしくね」

ひとまずナビー達三人の同意を取り付け、他の面々には明朝に事情を話す事にする。

食事を終えたクロードは、ケイト達を部屋に送ると自分も眠りに就いたのだった。

＊＊＊

翌日。午前中に仲間達との話し合いを終え、クロードは宿をチェックアウトした。

そして午後からは『天の祝福』のみんなを連れて、購入した土地に来ていた。ちなみに、ルシファー達召喚組の三名には朝の段階で王都の屋敷に戻ってもらっており、雑務をこなすようにお願いしている。

また、ミレイにはクランの受付用の物件を探してもらっているため、別行動だ。

郊外だけあって、購入した土地は自然そのものの香《かお》りを感じられてとても心安らぐ場所だ。

天気は晴天で、絶好の建設日和《びより》である。

「さて、メインのクランハウスは出来るだけ中心街寄りに……土地の端っこに建てよう。そしてクラン専用の畑を作って、その隣に牧場を作るか」

クロードは大きめの紙にクランハウスや家畜用の牧場、畑の建設予定地、従魔のリラックススペースなどをざっくりと記《しる》し、土地の配分をイメージする。それを全員に見せた。

「はい。これで大丈夫だと思います。残りの土地に何を作るかについては、必要に迫られてから一つずつ考えていけば良いかと」

ナビーが問題ないと頷くと、他のみんなも首を縦に振る。

みんなの承認を得たクロードは、購入した土地に、素材さえあればスキルや魔法、魔道具などなんでも作れるアルティメットスキル……『創造』で、地下一階、地上二階建てのクランハウスを建てた。

勿論、クランハウスの内装は午前中の話し合いを踏まえて、全員の要望を叶える特別製となっている。

一階には、メンバーがゆったりと寛いで食事が出来るダイニングや大きなラウンジに加え、モンスターや薬草といった様々な分野の資料、書籍《しょせき》が収められた資料室、広めのシャワールームまで付いた大浴場がある。

二階は、主にメンバーの私室だ。

目玉は一階のラウンジに備え付けられたバーカウンターの横、地下へ繋がる階段の先にある訓練場である。

この訓練場はクランメンバー全員の要望で作られ、空間魔法によって中が拡張されている。上に建つクランハウスの何倍も大きく、王城が丸々二つは入ろうかという広さを誇っていた。

「よし、みんなはクランハウスの中を見てきなよ。俺は畑と牧場を作っておくからさ」

クロードの言葉を聞き、アイリが「わかったわ。それじゃあみんな、行くわよ」と号令をかける。

アイリ達はクランハウスの中へ入っていった。

それを見届けたクロードは、クランハウスの裏手に回った。先程作った建設予定地を記した図面を取り出し、畑と牧場のおおよその位置を把握する。

クロードはまず、畑の範囲を区切る事にした。

土魔法で土を掘り返して浅めの堀《ほり》を作り、これを畑の外周とする。掘り出した土は魔法で固めて煉《れん》瓦《が》状にし、堀に敷いていった。

「うん。良い感じだな。次は雑草を抜かないと……『ウィンドカッター』」

クロードは風魔法で雑草を刈った後、土魔法の『アースコントロール』を唱えた。畑の範囲の土を攪拌《かくはん》し、土を混ぜ合わせる。

掘り起こされた邪魔な石や岩は、畑の範囲外に手作業で運び出していった。

照り付ける日差しの中、一人で黙々《もくもく》と作業を進めていく。すると、座り込んで土を確認していたクロードの上に、急に影が差した。

「マスター、何か手伝いますよ。一人でやるよりみんなでやった方が効率も良いですし、それに楽しいですからね」

「ナビー……そうだな！　それじゃあ、アイリさんとボロ達五つ子狼は、俺と一緒に石と岩を運んでほしい。ナビーと他のみんなは、この図面に従って牧場の区画に沿《そ》って柵《さく》を作ってくれ」

いつの間にか集まっていた仲間に、クロードが指示を出す。

「「「「了解!!」」」」

ナビー達の元気いっぱいな声が響いた。


しばらくして、クロードは畑の岩や石を取り除ききった。牧場の柵を作っているナビー達に合流し、柵も完成させてしまう。

「とりあえず、牧場はこれで良いだろう。あとは……ルシファー!!」

クロードが誰もいない場所に向かって呼びかける。すると黒い渦《うず》が出現し、「はっ、ここに」と言いながらルシファーが現れた。

突然現れたルシファーに驚く仲間達を後目に、クロードは平然と話しかける。

「ルシファー、誰か魔道具に詳しい者に心当たりはないかな。出来ればただ詳しいだけじゃなくて作製にも長《た》けた人だと、なおありがたいんだけど……」

「そうですね……一人思い当たる者がおりますが、少々面倒な輩です。今から連れてきますので、それを見てどうするかお決めください。では、少しお待ちを」

ルシファーはそう言うと、また黒い渦を出現させてどこかへ転移していった。


少しして、再び黒い渦が現れた。ルシファーと、見知らぬ女性が姿を現す。

女性のお尻《しり》からはまるでサキュバスのような尻尾《しっぽ》が生えていた。

「お待たせしました。クロード様。ご希望の者を連れてまいりました」

「ああ、ありがとう。彼女の名前はなんて言うんだ？」

「はい。彼女は――」

「ちょっと、勝手に話を進めるんじゃないわよ!!」

ルシファーの話を遮って、女性は抗議の声を上げた。

「なっ!?　お前……!!　クロード様にタメ口を利くとは！　身の程をわきまえろ!!」

「全くうるさいわねぇ。ルシファー、あんたはちょっと黙っていてちょうだい……自己紹介くらいはしてあげる。私は好奇心《こうきしん》のアモン、魔界序列《まかいじょれつ》十三位の大悪魔よ。まあ、そこにいるルシファーよりは階級が下なんだけどね」

「ルシファー、そうなのか？」

こっそり確認したクロードに、ルシファーが頷く。

「はい。私は魔界序列一位、傲慢《ごうまん》のルシファーと呼ばれています。魔界でこそ大層な立場にいますが、今の私はあなたの従者。接し方を変えていただく必要はございません。ミカエル、シャリナも立場はかなりのものですしね。アモンに対する接し方も、我々と同様で構いません……なぁ、アモン!?」

ルシファーは強烈《きょうれつ》なプレッシャーを放ち、アモンに圧を掛けながら問いかけた。

アモンが怯《おび》えたように尻尾を下げる。

「え、ええ。そ、そうね。それで良いわぁ」

「そうか、それじゃあ……早速で悪いんだけど、アモンに頼みがある。お前が知っている魔道具の中に上下水道の代わりになる魔道具や、水を溜めておけるような魔道具はあるか？『創造』で作るにも、イメージが湧かなくて困っていたんだ」

「ん～、それだと……これなんかどうかな？」

アモンは亜空間から魔石がはまった細長い筒《つつ》を数本と、やはり魔石がついている金属製の大きな樽《たる》を二つ取り出し、地面に置いた。

「この筒と樽はいったいどういった代物なんだ？」

「これは二つとも魔道具よ。まず、この筒状の魔道具は上下水道の代わりね。常に水を浄化する効果があるから、水を綺麗な状態で川に戻す事が出来るわよ。それでこの二つの樽は水を溜めておく貯水タンクよ。どんなに水を溜めておいても、決して腐《くさ》らせないの」

アモンによれば、筒状の魔道具には、浄化の効果だけでなく常時自動で水源を探し、その水源まで勝手に伸びていく機能まで付いているという。

「まさかこんなに便利な魔道具があったなんて。よし、じゃあアモン、この筒の魔道具をクランハウスと接続して水回りを整えてくれる？」

クロードから雑務を振られたアモンは、一瞬、苦虫を噛み潰したかのようなすこぶる不機嫌な表情をした。しかし、直ぐにこちらをギロリと睨んでいるルシファーの姿に気が付く。

「!!　……はぁ～、わかったわよ。私が作業している間にあんた……クロード……様は、私にガンを飛ばしてくるルシファーと一緒に魔道具――樽型貯水タンクを畑と牧場に設置しておきなさい。私じゃ、どこに置けば良いかわからないし。これ、樽型貯水タンクの取り扱い説明書よ。これの通りにやれば、誰でも設置出来るわ」

アモンは説明書をクロードに渡すと、筒状の魔道具の何本かを抱えてクランハウスへ向かっていった。

その後、クロードは樽型貯水タンクを畑と牧場の端に運び込んだ。アモンから受け取った説明書を開き、一つ一つ手順を確認しながら操作していく。

さらなる人手を欲したクロードは、天使族のミカエルを呼び出した。

「まずは……『タンクの蓋《ふた》に付いている魔石に満タンになるまで魔力を注ぐ』か。ルシファー、ミカエル、悪いけど頼める？」

「「承知しました」」

クロードの指示で、二人はそれぞれ樽型貯水タンクの魔石に魔力を注いでいく。

魔力を注ぎ終わると、二つの樽型貯水タンクの魔石が緑色に光った。

それを確認したクロードはタンクの接続口に筒型の魔道具を繋げる。

そしてルシファーとミカエルで手分けしてもらい、筒型の魔道具を全て設置し終えた。あとで牛《ぎゅう》舎《しゃ》や鶏小屋《とりごや》などを建てる予定の牧場や畑には、これで水が通るはずだ。

「あとは、クランハウスの中で準備してくれているアモンの作業が終わるのを待つだけか」

クロードが今か今かと待っていると、街までクランの依頼受付用の物件を探しに行っていたミレイが帰ってきた。

「クロード～！　結構良い物件があったわよ～」

「お！　ミレイ、ご苦労様。良い物件って、いったいどんなところを買ってきたの？」

「それがさ、聞いてよ～。最高の立地なんだから。場所はギルドと迷宮、そして街の中心広場の丁度中間地点にあってね。元は雑貨屋さんだったんだけど、高齢の店主が他の街で商売をしている親類のところに引っ越したから、空き屋になってたの」

「確かにアクセスしやすそうな物件だな。そこって一階建て？　それとも二階建て？」

「二階建て。しかも元が雑貨屋さんだったから、カウンターの奥に結構広い倉庫があるし、二階も使えるわ。一階のカウンターの前には、雑貨屋だった頃の名残《なごり》で品物の陳列棚《ちんれつだな》もあるの。私的にはこの陳列スペースに、ポーションなんかの回復アイテムを置くのも面白いんじゃないかと思うんだけど……どうかしら？」

「なるほどな……うん。確かに面白そうだな。置く品はあとで考えるとしても、そのアイディアは良いと思う……おっ！」

クロードとミレイが話していると、クランハウスから、アモンがいかにも大満足!!　といった顔でこちらにやって来るのが見えた。

「こっちは設置し終わったわよ。あとは、あん……クロード様達が設置した畑と牧場の水道をクランハウスから川まで延ばした下水道に繋げば完成よ」

「あんた」と言いかけたのを直しつつ、アモンが報告する。その言葉を聞いて、ミレイが不思議そうな顔をした。

「ちょっとクロード。この子は誰なの？」

「ああ、紹介するよ。ルシファーが魔界から連れてきた魔道具のエキスパート――アモンだ。少女みたいな見た目に反して、結構強いんだって」

「そう。アモンさんっていうのね。私はミレイ、このクランの受付と経理を担当する事になっているわ。よろしくね」

ミレイが丁寧に頭を下げると、アモンは頷く。

「ミレイというのか……うむうむ。戦闘能力はそこまでだけど、事務処理能力は中々高そうね……文官向きってとこかしら。まあ良いわ。私、最後の仕上げをするから」

アモンはそう言うと設置した全ての魔道具を接続し、上下水道を完成させた。

＊＊＊

翌朝。

朝食を食べたクロード達は、各自の武器と防具を作るためにフェンドラム山脈へ行く事にした。

そこは希少な鉱石や木材が取れる穴場として有名で、必要な素材を集めるのには打ってつけの地域なのだ。

「それにしても……アモンさんの魔道具は本当に助かりますね。この魔道コンロ、彼女が置いていってくれたんですよ。自動で火がつくおかげで、かまどに薪《まき》を入れて火をつけるという手間がなくなりました。『上下水道を整備するついでだから』と言って、大浴場の浴槽《よくそう》に保温効果のある魔道具まで取り付けてくれて……本っ当に素晴らしい方です」

　ナビーは朝食の後片付けをしながら、感動した様子だ。

「確かに。アモンの魔道具には随分と助けられているな。こうして早々にクランハウスに住めるようになったのも彼女のおかげだし、あとでルシファーにお礼を言うように頼んでおこう」

　昨日の作業の後、アモンは魔界に帰している。

　クロードはナビーの言葉に同意を示し、後片付けを手伝った。

　朝食の後片付けを終え、クロードはナビーと共にラウンジへ向かう。

　するとラウンジには全員が集まっていた。各々、装備の点検をしたり、束の間のティータイムを楽しんでいる。

「お！　みんなもう準備は出来ているみたいだな」

「ああ、クロード、私達はいつでも行けるぞ」

　ケイトがそう言うと、他のみんなも力強く頷く。

「よし！　それじゃあ、行こうか!!」

辺境都市バスフェンは、クロード達の今回の目的地――フェンドラム山脈の麓《ふもと》にある、冒険者で賑わう街だ。

バスフェンは、はるか昔に冒険者達が高ランクのモンスターの巣窟《そうくつ》であるフェンドラム山脈に挑むために作った開拓村で、当時はフェンと呼ばれていた。

その開拓村が長い月日をかけて発展を遂げ、今の辺境都市バスフェンになっている。

本来であれば、迷宮都市ネックからここまで馬車で三日はかかる。

しかし、クロードはマール（龍形態）の背に乗せてもらって移動する事で、移動時間を大幅に短縮した。

クロード達一行はバスフェンで一番美味しいと話題のレストラン（従魔同伴可）で昼食を済ませ、街を出る。

そして、魔境《まきょう》と名高いフェンドラム山脈に入ったのだった。

フェンドラム山脈は、四千メートル以上の山々が連なる巨大な山脈である。

今回はそのフェンドラム山脈の山々の中でもっとも高く、標高一万メートル以上を誇る山、ドラゴンマウンテンに向かう。

ドラゴンマウンテンは山頂付近……標高七千から八千メートルに生息しているドラゴン種にちなんで、その名で呼ばれるようになった。

クロード達が向かうのは、ドラゴンマウンテンの麓から中腹にかけて広がる樹海《じゅかい》だ。

この樹海には主にAランクからSSランクまでの様々なモンスターが生息している。

今回は高ランクのモンスターを狩ってレベリングをしつつ、武器の素材を集めようという算段だった。

そんなクロード達は今、木々が鬱蒼《うっそう》と生《お》い茂《しげ》り、ジメジメと湿気《しっけ》ている樹海の中をひたすら進んでいた。

「……しっかし、すっごく蒸《む》し暑いわね。汗でローブの中がもうビショビショよぉ」

「ああ、全くすげー暑さだなぁ。今の季節って秋なのによぉ。これもここが魔境って言われるフェンドラム山脈だからなのか？」

みんなを代表して、アイリとベロニカが愚痴をこぼす……代表と言っても、この二人以外、喋《しゃべ》る気力を失くしていた。

クロードも暑さにやられて、仲間の事に気が回らないのだ。

「まさか樹海がこんなに過酷な場所だったなんて、少し考えが甘かったな……みんな、ちょっとここで休憩をしよう。今日は念のために空間魔法で中をさらに拡張した、豪華版のテントを持ってきたんだ。せめて汗を流そうか」

クロードはそう言って、アイテムボックスから金糸《きんし》で装飾されたテントを取り出した。一見すると、ただの一人用のテントにしか見えない。

しかし、中は違った。

「!?　……クロード……とんでもない広さじゃない！　このテントはいったいどうしたの？」

ケイトの質問にクロードはあっけらかんとして答える。

「ん？　これは昨日作ったんだよ。俺達もクランを立ち上げて人数が多くなったからさ。そろそろもっと広いテントが必要かもなって思って」

ケイト達、元『銀狼の牙』のメンバーは、クロードの規格外っぷりを改めて思い知らされ、呆然とした。

その後、クロード達がよく混浴している事を知ったケイトとアイリ、マルティが気絶するハプニングなどがあったが、なんとか全員で汗を流し終えた。

ケイトからの要望で、クロードは目隠しをした状態で風呂に入る事になったが。

気力と体力を回復させたクロード達は、再び樹海を歩き出した。

ドラゴンマウンテンは、山頂に近づけば近づく程にモンスターとの遭遇《そうぐう》率が高くなる。

そこでクロードは、種族が進化した時に新しく手に入れたスキル『神眼』の能力の一つ、『万能《ばんのう》地図《ちず》』を表示した。

半透明な地図のウィンドウに、クロードを中心に半径五キロの範囲の敵性反応が表れる。

それを見ながら進んでいくと……

「……!?」

クロードは『万能地図』でこちらへ近づいてくるモンスターがいる事を把握し、進もうとするみんなを手で制止した。

ケイトが訝《いぶか》しむ。

「どうした、クロード？　何かいるのか？」

「しっ、静かに……今こっちにフォレストグレートキングコングが向かってきている。こいつの毛皮は防具の下に着るインナーにピッタリだ。ぜひとも倒したいところだけど……辺りは木や植物だらけだから、なるべく炎系の攻撃は避けないとね」

クロードはそう言うと猛スピードで駆け出し、接近するフォレストグレートキングコングの首を愛用のミスリルの長剣で一刀両断にした。

「種族が進化したからか、剣のキレが鋭さを増しているな。ただ、私でもクロードの技量の全てを把握しきれそうにない」

「ああ、あたいにも無理だ。もし、あたい達が進化出来たら、少しはクロードの強さに近づけるのかねぇ」

フォレストグレートキングコングを一刀のもとに切り伏せたクロードを見て、同じ剣を嗜《たしな》む者であるケイトとベロニカはクロードとの力量差に呆然とするのだった。

フォレストグレートキングコングを瞬殺《しゅんさつ》したクロードは、倒した敵をアイテムボックスに収納すると振り向き、仲間達に話しかける。

「俺はみんなの装備に使う鉱石を取りに、ゴーレムが多いもっと標高が高いところに行ってくるよ。みんなはその間、この辺りでレベリングをしていてくれるかな？　ここにはＡランクのモンスターからさっきのフォレストグレートキングコングみたいなＳＳランクのモンスターまでが生息している。飛び抜けて強いマール以外には、丁度良いレベリング場所だと思うよ……それじゃあ行ってくる」

クロードは一人、山頂を目指して走り出した。

＊＊＊

ドラゴンマウンテンの中腹でクロードと別れたクランメンバーは、進化したナビーのスキル『完全探知』、そして、各々が所持している索敵系のスキルなどで辺りを警戒しながら、モンスターを探していく。

「あ！　ケイトさん、ベロニカさん、向こうの方から敵が二体来ています……これはフォレストジャイアントトロールですね。Sランクのモンスターです」

ナビーがこちらに向かってくるフォレストジャイアントトロール二体の存在を『完全探知』で捉えた。

ケイトとベロニカに前衛を任せ、アイリとマルティには後衛でサポートに入るように指示を出すと、自分とレイア、五つ子狼達、マールは遊撃として戦う事に。

ケイトとベロニカはアイリとマルティのサポートを受け、危なげなくフォレストジャイアントトロールを撃破した。

ナビーはケイト達が倒したフォレストジャイアントトロールをアイテムボックスに収納すると、次のモンスターを探すため、みんなを先導して樹海を歩き始めた。

フォレストジャイアントトロールとの戦闘から数十分後。ナビー達は今まで相手にした事がないような強敵と相対していた。

「……な、何故!?　何故ここにドラゴンがいるんだ!?　ドラゴン種はドラゴンマウンテンの頂上付近にしかいないはずだ……しかも、こいつはただのドラゴンじゃない。ＳＳランク上位のブリザードドラゴンだ!!」

突如現れたブリザードドラゴンにケイトは恐怖心を覚え、動きを封じられてしまう。他の仲間も同様だ。

しかし、唯一平常心を保っていたマールが発破《はっぱ》をかける。

「お前達、何を固まっているのじゃ!! 攻撃が来るぞ。早く散って、奴の標的を分散させるのじゃ!!」

マールが怒鳴ると、硬直していたケイト達は我に返った。そして、ブリザードドラゴンの尻尾を使った薙ぎ払い攻撃を間一髪で回避する。

ブリザードドラゴンは、渾身の一撃を全員に避けられた事で一気に警戒心を強めた。特にケイト達に指示を出したマールへの警戒心を高める。

(しかし、不思議なのじゃ。奴の尻尾がかすった地面が凍《こお》りついておる……普通、ドラゴン種の通常攻撃に属性効果が付く事はないはず。いったいどうなっているのじゃ?)

マールはブリザードドラゴンの体をまじまじと眺め、些細《ささい》な仕草まで観察してみた。

(ん？ 何かが奴の胸元で輝いている……!! あれはまさか……魔霊結晶《まれいけっしょう》!? 何故あのような危険な物が胸に埋め込まれているのじゃ!? ……これはいかんのじゃ。早くあの者を倒さなければ魔

霊結晶によって暴走し始めてしまうのじゃ）

　マールは一早く状況を理解し、ケイト達に指示を出す。

「皆、あの者の胸元にある紫色の結晶を狙うのじゃ。上手くいけばあの者は死ぬ……あるいは弱体化するはずじゃ」

　マールの指示を聞いて、ナビーが尋ねる。

「あの結晶を攻撃するのですか？　あれはいったいなんなのですか？」

「うむ、それについてはいずれ詳しく話すのじゃ。今はとにかく、全員であの結晶を破壊するのじゃ!!　最悪、多少樹海が燃えても良いじゃろう。自分達の身の安全が第一じゃ。わしも手伝うのじゃ!!」

　ところが、マールの宣言にナビーは首を横に振った。

「いいえ、マールさん。あなたは私達が絶体絶命になるまでは手伝わないでください。この戦いはまだまだ弱い私達が強くなれるかもしれない貴重な機会。限界を迎えるまでは、自分達だけで戦ってみます」

「……うむ、そうじゃな。ナビーの言う通りじゃ。とはいえ、今のお主達には厄介な相手じゃ。あの者の動きを鈍《にぶ》らせるために、わしが少し殺気を当て、注意を逸らしてやるのじゃ」

「はい、よろしくお願いします!!　では皆さん、いきましょう!!」

「「「「「おう!!」」」」」

ナビーの言葉に、ケイト、マルティ、アイリ、ベロニカが頷き合う。彼女達は自身の得物である剣や杖を構え、レイアとその子供達は自慢の爪と牙に得意な属性の魔力を纏わせた。

そして、四方八方からブリザードドラゴンに攻撃を仕掛ける。

最初に攻撃が届いたのはケイトとベロニカだ。ついで、レイアと子供達が向かっていく。

魔法職のアイリとマルティ、ナビーが大規模魔法を完成させるまで、ケイト達だけで時間を稼がなければならない。

ケイトとベロニカはブリザードドラゴンの背後に回り込み、左右から挟み込むようにして尻尾を切りつけた。

「うっ……やはり鱗《うろこ》が硬いな。刃がほとんど通らないが……こいつの気を引くにはこれで十分だ」

「ああ、私達はこれで良い。少しずつこいつの体力を削《けず》り、気を引ければな」

ベロニカの言葉に、ケイトも同意を示した。

二人に続き、レイアと子供達がブリザードドラゴンに迫り、その体の至るところを引っ掻き、噛み付き、引き裂いていく。

「グギャアアアア!!」

ブリザードドラゴンは苦し紛れに体を回転させ、攻撃してくるケイト達を尻尾で薙ぎ払おうとした。

　ケイト達は尻尾を飛び越え、あるいはしゃがみ込んでかわし、ブリザードドラゴンに攻撃を仕掛ける。

　あっという間に数分が経った。遂にアイリ達の大規模魔法が完成する。

「……!!　もう良いわ。みんな、一旦そいつから離れて!!」

　魔法の準備が出来たアイリはナビー、マルティと頷き合い、ブリザードドラゴンに攻撃を与え続けているケイト達を後ろに下がらせた。

「いきますわよ。『聖女《せいじょ》の声援《せいえん》』!!」

「サンキュー、マルティ。やるわよ……『プロミネンスストライク』!!」

「ありがとうございます、マルティさん……『テンペストブラスター』!!」

　マルティに支援補助効果があるバフをかけてもらい、アイリとナビーは渾身の魔法をブリザードドラゴンの胸元――魔霊結晶目がけて同時にぶっ放した。

　ゴー!!　バキバキバキバキー!!

　アイリ達の放った魔法は辺りに生い茂る木々を薙ぎ倒し、ブリザードドラゴンの胸元にある魔霊結晶に突っ込む。

ドゴゴゴゴ〜〜ン!!

「グギャァァァ!!」

魔法が胸の魔霊結晶にぶち当たり、ブリザードドラゴンは後方に吹き飛ばされた。

全身がズタボロになり、ブリザードドラゴンの自慢だったスカイブルーの鱗は大部分が剝《は》がれ落ちている。

ブリザードドラゴンは苦しげにナビーとアイリを睨みつけると、傷付いた体を持ち上げた。少し顎を引き、喉《のど》の辺りに何かを溜めるような仕草を見せる。

「いかん。皆、ブレスが来るのじゃ!!」

(くっ、ナビー達が予兆に気付くのが遅すぎたのじゃ。これでは全員の回避が間に合わない……致し方ないのじゃ。このままわしが手を出す事なく終わりたかったが、そんな事言ってられんのじゃ)

マールはナビー達には回避が出来ないと判断すると、即座に人間形態からドラゴン形態へ変化し、前に躍り出た。

『皆、少し控えておれ。あのブレスはわしが対処するのじゃ』

マールはみんなに下がるように言うと、自身もブレス——龍魔法『プロミネンスブレス』を発動するべく構えた。

マールが魔法を放つのとほとんど同時に、ブリザードドラゴンもブレスを放ってきた。

互いのブレスがぶつかり合う。

両者の攻撃は最初こそ拮抗していたが、直ぐにマールの『プロミネンスブレス』がブリザードドラゴンのブレスを押し返していく。

ブリザードドラゴンのブレスは、マールのブレスに呑み込まれてしまった。

マールのブレスが直撃し、ブリザードドラゴンは再び後方へ吹き飛ばされる。

『皆、今――』

マールがブリザードドラゴンにとどめを刺すよう呼びかけようとしたところ、その指示を聞くよりも早く動き出した者達がいた。

ケイトとベロニカは我先にとブリザードドラゴン目がけて走り出す。

「「任せろ」」

二人は瀕死《ひんし》となって身動きが出来ないブリザードドラゴンの眼前まで来ると、愛剣でその首を一気に切り落とした。

その後、ケイト達は倒したブリザードドラゴンをナビーのアイテムボックスに収納した。

何故ドラゴンマウンテンの中腹にまで、ドラゴン種が下りてきていたのか。

樹海の異変が気になりつつも、ナビー達は、クロードが戻ってくるまでモンスターを倒してレベリングに勤《いそ》しむ事にした。

＊＊＊

ナビー達がブリザードドラゴンを倒していた頃、クロードは樹海を抜け、石や岩がゴロゴロと転がり落ちるドラゴンマウンテンの岩山エリアに来ていた。

クロードがここまで来た目的であるゴーレムは、こうした岩場に多く生息している。ここに来るまでにもちらほらと姿を確認する事が出来た。

この岩山エリアには魔力量が多いＡランクからＳＳランクまでの高ランクモンスターが生息している。そのため、辺り一帯に充満している魔力も多く、ゴーレムの素材となる鉱石はおのずとレア度の高い物ばかりだった。

実際に岩場に来たクロードが確認したゴーレムは全て、希少な金属であるミスリルを素材にしたゴーレムである。

「おお、初っ端からミスリルゴーレムが見つかるなんて、今日は幸先《さいさき》が良いなぁ。ミスリルは……まだ多少在庫があったはずだけど、せっかくだし採取しておこうか」

クロードは至るところに点在している岩を巧《たく》みに利用し、暗殺者顔負けの隠密《おんみつ》でミスリルゴーレムに近づく。

相手はまだこちらにに気付いていない。

クロードは油断しているミスリルゴーレムのコアに静かに剣を添え、一気に貫いた。

ミスリルゴーレムが前のめりにゆっくりと倒れていく。

他のミスリルゴーレム達は仲間に何が起こったのか理解出来ず、思考が停止したのか身動きを止めた。

そんな彼らも瞬く間にクロードによって討伐されたのだった。

「ゴーレムは基《もと》となる素材によって強さと体の硬さが違うけど、他のモンスターと比べると弱点が明確――コアを潰すだけで倒せるから楽だな……ん!?　この反応は普通のゴーレムじゃないな？」

クロードはスキル『神眼』の『万能地図』に映り込んだモンスターのアイコンをタップし、モンスターの詳細を調べた。

「こいつは……ミスリルゴーレムの上位種、ジャイアントミスリルゴーレム!!　こんなのが出てくるのか……ついでに討伐してこよう」

クロードはジャイアントミスリルゴーレムがいる場所へ向かった。

『万能地図』が示した通り、そこにはジャイアントミスリルゴーレムがいた。

しかし、ジャイアントミスリルゴーレムの他に、二体のオリハルコンゴーレムもいたのだ。

「な⁉　なんでオリハルコンゴーレムがいるんだ⁉　さっき確認した時、『万能地図』にはオリハルコンゴーレムなんて表示されなかったのに……」

クロードが急いで『万能地図』を確認すると、地図上には確かにオリハルコンゴーレムのアイコンが表示されている。

どうやら、クロードが移動する間に『万能地図』の索敵範囲に入ってきたようだ。

「……あいつら、いったいどこから湧いてきたんだ？　まあ良い。丁度オリハルコンが欲しかったんだ。ジャイアントミスリルゴーレムと一緒に討伐してしまおう」

クロードは先程ミスリルゴーレムを倒した時と同じように、点在する岩を利用して接近する。そして、戦っているジャイアントミスリルゴーレムと二体のオリハルコンゴーレムに近づいた。

「一瞬で仕留める……武王流剣術一の太刀《たち》『神閃《しんせん》・三頭狼《さんとうろう》』」

クロードが隠れていた岩陰から飛び出すと、垂直に構えたミスリルの長剣の切っ先が煌《きら》めく。未だクロードの存在に気付かないジャイアントミスリルゴーレム達に向かって駆け出し、種族が進化して新たに獲得したアルティメットスキル『武王』の技を叩き込んだ。

バキッ、パリ～ン！

無事に三体とも倒せたものの、クロードの剣が折れてしまった。

「あ、流石に限界が来たか。まあ、仕方ないなぁ。同質のミスリルゴーレム数体に加えて、質と強度がさらに高いオリハルコンゴーレムを二体も相手にしちゃったし……さて、武器が壊れちゃったからここらが引き時かな」

クロードは自身が討伐したジャイアントミスリルゴーレムと二体のオリハルコンゴーレムをアイテムボックスに収納すると、予備の武器として鋼《はがね》の長剣を取り出し、装備した。

ナビー達と合流するため、樹海へ戻る事にする。

「……なんだか雲行《くもゆ》きが怪しくなってきたな」

空にはどす黒い雲が浮かんでいた。

＊＊＊

素材採集を終えたクロードが樹海へ引き返していた頃、他の仲間達はレベリングに勤しんでいた。

「これで倒したモンスターも十一体か。大分レベルも上がってきたんじゃないかしら？　ナビー、ちょっと全員のステータスを調べてみてくれないか？」

「はい。『鑑定』しますから、皆さんこちらに来てくださ～い」

ケイトに頼まれ、ナビーは『鑑定』で仲間のステータスを確認していく。

「……終わりました。こちらです」

ナビーは全員のステータスを紙に書き、一人ずつ手渡した。

「……見たところ、進化したばかりのナビー以外は、レベルカンスト間近の者が多いようじゃな」

マールの言う通り、今回のレベリングによって全員のレベルは98か99となっている。

「うむ、皆、あと少しで進化出来そうじゃな。さて、もう一狩り行こうではないか」

マールに促され、ナビーは『完全探知』を発動させる。そして近場でモンスターの反応があったところに向かった。


「あれ、この辺りにいるはずなのですが……」

探知した場所に行ってみると、そこにはモンスターの影すらない。

「むう、さてはインビジブルカメレオンじゃな。姿を隠す事に長けたモンスターじゃ。皆、奴はこの近くにいる。警戒を解かずに辺りを観察するのじゃ。どこかにおかしなところがあるはずじゃ。魔力の探知が出来る者はやってみると良いじゃろう」

今一度、ナビーが『完全探知』をかけてみる。

「……いました。あそこの木の上に隠れて、こちらを窺っています。あ!!　別の木に移動しました……ッ!!　攻撃してきます。皆さん、後ろに引いてください！」

バシン!!

ナビーの指示で全員が後方に飛びのくと、さっきまでアイリが立っていた場所で打撃音が響き、地面に跡がつく。

「……!!　何、今の音!?　さっきまで私が立っていたところが襲われたの!?」

「はい。今のはインビジブルカメレオンの攻撃です。アイリさんがいた場所に舌《した》を伸ばし、打撃を加えてきました」

インビジブルカメレオンは透明化しており、ナビーとマール以外には感知出来ていないようだ。

「なるほど。姿が見えないなんて厄介な奴ね……」

そうぼやくアイリを見て、マールが口を開く。

「……ナビーはこのままインビジブルカメレオンの居場所を把握し続けるのじゃ。居場所さえわかれば、攻撃を当てるのは大して難しい事ではないはずじゃからな……皆、ナビーの指示で一斉攻撃じゃ!!」

その後、多少手間取りはしたものの、インビジブルカメレオンの討伐に成功した。

「今後の課題は、特殊能力を持った相手との戦闘手段を増やす事じゃな。今のままでは、また苦戦してしまうのじゃ」

「そうですね。何か有効な手を考える必要がありますね」

マールに返事をしていたナビーは、『完全探知』がクロードの気配を捉えた事に気が付く。

「どうやらマスターが戻ってきているみたいですね。レベリングはここまでにしてマスターと合流しましょう」

ナビー達はクロードのところに向かって歩き出した。


しばらくしてクロードと合流したナビー達。

再び『鑑定』すると、ナビーとマール、クロード以外の全員がレベル１００になった事がわかった。

「そうか、無事に全員レベル１００になったんだね……という事は、素質さえあればじきに進化できるはず。バスフェンまで戻ろうか」

クロードの号令で、一行は樹海を後にした。

辺境都市バスフェンまで戻ってきたクロード達は、城門近くにあった高級ホテルにチェックインした。

＊＊＊

翌日。

前日は早くに寝たせいか、クロードはまだ陽《ひ》が昇っていない早朝に目を覚ました。

どうやらナビー達はまだ起きていないようだ。

寝室に用意したテントの中で眠っているレイアと子供達も、起きる気配がない。

今回のクロード達は複数の寝室を備え、リビングルームまである最高級の一室に泊まっている。

クロードは外の空気を吸うために部屋を出た。

フロントまで下りると、受付スタッフが声をかけてくる。

「お客様、おはようございます。お早いご起床《きしょう》ですね……食堂が開くまで時間がありますので、お飲み物でもお出ししましょうか？」

「いや、大丈夫です。ちょっと外の空気を吸いたいので、少し外出してきます。直ぐ戻ります」

外に出たクロードは、ホテルの前にあったベンチに座り、風にあたってのんびりと過ごす。

しばらくすると、念のために発動していた『気配探知』で、部屋に残してきたナビー達が起き出してきた事に気付く。

「……ん？　みんな起き始めたみたいだ。それじゃあ、ぼちぼち戻ろう」

クロードが部屋に帰ってくると、仲間達が寝室から出てきた。

「おはよう……どうやらみんな、進化出来たみたいだね。俺はレイア達を起こしてくるから、先にリビングに行っていて」

クロードは寝室に広げてあったテントの中へ入った。

テントの中は極上のモフモフ天国だった。

「みんな、入り口付近で寝ちゃったのか……これをぎゅうぎゅう詰めって言うんだろうなぁ。さて、レイアから起こしていきたいところだけど……いったいどこにいるんだ？」

テントの中の狼達は、まるでモフモフの絨毯《じゅうたん》のように一緒くたになっていて、どれがレイアなのかわからない。

クロードは見分けるのを断念し、レイアに対して念話を飛ばす。

『お～い!!　レイア起きているか？　もう朝だよ。テントから出てきてくれ。子供達が進化して大きくなっていて、見分けがつかないんだ……』

『わふふ、わふ～』

（わふわふって言っているけど、寝惚けているのか？）

クロードはテントを出て、レイアが起きてくるのを待つ事にした。

やがて、テントの中から額に三日月《みかづき》の模様を付けたウルフが目を擦り、ムニャムニャと言いながら出てきた。

「……レイアだよな？　無事に進化したみたいだね」

『ふあ～……あれ、主様？　おはようございま～す』

「あ、ああ、おはよう。子供達は……まだ寝ているのか。レイアは先にリビングに行っていてくれ。ナビー達がもう起きているからさ。俺は、もう一回、子供達を起こしてくるよ」

　クロードはまたテントの中に入り、四メートル超えの体になった子供達を時間をかけて引っ張り出したのだった。


　まだ眠そうな五つ子狼に人化してもらい、クロードはリビングへやって来た。

「みんな、お待たせ。それじゃあ、進化後のステータスの確認をさせてほしい。それが終わったら朝食を食べに行こう」

　まず、ベロニカ、ケイト、アイリ、マルティは全員ハイヒューマンに進化していた。

　そして、従魔組。レイアはＳランクモンスターのシルバーフェンリルから、一部の種族では神様に等しい扱いをされているという、ＳＳＳランクモンスターのムーンスターフェンリルに進化していた。

ボロは、Aランクモンスターのシャドウウルフから、SSランクモンスターのダークシャドウフェンリルに。

イリアは、Aランクモンスターのテンペストウルフから、SSランクモンスターのフェアリーフェンリルに。

レイは、Aランクモンスターのインフェルノウルフから、SSランクモンスターのインフェルノフェンリルに。

ハロは、Aランクモンスターのガイアウルフから、SSランクモンスターのガイアフェンリルに。

リサは、Aランクモンスターのライトニングウルフから、SSランクモンスターのサンダーフェンリルに。

五つ子狼達もまた、より希少な種族になっていた。

「みんな、本当に強くなったなぁ……よし、朝食を食べたらネックに帰ろうか。ミレイや留守を任せてきたルシファー達召喚組なんかが、俺達の帰りを待っているからね。帰ったら武器と防具の製作に取りかかるよ!!」

クロードはそう宣言し、みんなを連れてホテルの食堂に向かった。

食堂に着いたクロード達は、係の人に団体客用の個室へ案内された。各自で席に座り、いくつかある朝食の定食メニューを吟味《ぎんみ》する。

「へ～。この都市は主食がパンじゃなくて、米っていう食べ物なのか。せっかくだし、食べてみたい……俺は決まったけど、みんなは何を頼む？」

クロードはB定食――白米に川魚の塩焼きと味噌汁《みそしる》、そして納豆というとてもネバネバしたおかずのセットを選んだ。

他のみんなは無難にA定食……ベーコンエッグと野菜たっぷりのスープ、パンのメニューにするようだ。

クロードは部屋に係の者を呼び、B定食を一つと、残りの人数分のA定食を頼んで一息ついた。

注文の品を手帳に書き記した係の者が、オーダーを伝えに行くために部屋を出ていく。

それを見送り、クロードがこのあとの予定を今一度みんなと確認しようとした時――それは突然起きた。

鐘《かね》のような音が、バスフェン中に鳴り響く。

ゴーン、ゴーン、ゴーン！

「……ん!?　なんだ、この音は？」

クロードが首を傾げていると、ホテルの外が騒がしくなる。ホテルの前の通りを、人々が言い争いながら慌ただしく行き交っているのだ。

「なんだか外が騒々しくなってきているみたいだけど」

クロード達が疑問に思っていると、部屋の扉が勢いよく開き、厨房《ちゅうぼう》にオーダーを伝えに行ったはずの係の者が入ってきた。

「お客様、非常事態が発生いたしました!!　直ぐに当ホテルの地下に向かってください。避難所がございます」

「……!?　いったい何があったんですか？」

驚くクロードに、係の者が説明する。

「フェンドラム山脈の方角から、ドラゴン族と竜人族がここ……辺境都市バスフェンに向かって攻めてきているそうなのです」

「……なるほど。さっきから鳴り響いているこの鐘は、緊急事態を知らせるためのものだったんですね。それで……そのドラゴン族と竜人族は、今どの辺りにいるんです？」

「え……えっと、詳しい事は私にもわかりません。ギルドに行ったら事情がわかると思いますが……その、お連れ様が女性とお子様のようですし、お客様は避難を優先された方が良いかと――」

「心配には及びません。俺達はみんな、高ランクの冒険者なんです。ギルドに行って、事情を尋ねてきます……そうだ。何か軽食はありませんか？　これから何が起きるにしても、お腹に何か入れていないと、行動に支障が出るかもしれないので」

「け、軽食ですか……それでしたら、厨房に朝食用のパンがいくつか残っているかと思います」

「そうですか。そのパンを先程頼んだ定食の代わりにいただいても良いですか？」

「え、ええ、勿論。それは構いません」

「ありがとうございます。みんな、行くよ」

クロードは仲間を連れて厨房へ向かう。

従業員は宿泊客の避難誘導に追われているのか、厨房はもぬけの殻《から》だった。

厨房に併設されているカウンターには出来立てのパンがまだ残っている。

それをアイテムボックスに収納すると、クロード達はバスフェンの中心に位置する冒険者ギルドに向かったのだった。


冒険者ギルドに着き、中に入る。そこは慌ただしく動き回るギルドの職員と、事情を聞きに来た冒険者達でごった返していた。

現在の状況を把握するため、クロードは受付嬢に話しかける。

「少し聞きたいんですが……今ってどんな状況ですか？　俺達、冒険者なんですけど……この街に来たばかりで、警鐘《けいしょう》の理由とかわからなくて。手伝える事はありますか」

「……まずお名前をお教えください。何か身分を証明出来る物はお持ちですか？」

受付嬢から身分証の提示を求められ、クロードは全員分のギルドカードを集め、カウンターに出した。

ギルドカードを受け取り、魔道具に通して確認し……受付嬢は目を剝《む》いた。

「Ｆランククラン『守護者の集い』。ＳＳランク、Ｓランク冒険者の方々でしたか……って、皆さんの名前ってまさか……最近、王都を救ったっていう『天の祝福』!?　噂通り、クランを立ち上げたんですか!?」

「ちょ、ちょっと、声が大きいです……！」

あまり目立ちたくなかったクロードが止めるも、時既に遅し。

「……す、すみません!!」

受付嬢が叫んだ事で、ギルド中の注目が集まってしまった。

クロードは仲間達と話し合い、立ち上げるクランの名前を『守護者の集い』とした。

それをここ、バスフェンに来る前にミレイに伝え、ネックのギルドにクラン名の申請をするよう頼んでおいたのだ。先程の魔道具によってカードが更新されて、どうやら新生クランの名前が載ったらしい。冒険者ギルドの受付嬢だけあって、クロード達の活躍にも詳しかったようだ。

驚かれるのも仕方ないと思いつつ、注目を浴びてしまったクロードは居心地が悪い。

受付嬢が咳払《せきばら》いをする。

「……失礼しました。ここでお話しするより、ギルド長室までお越しいただいた方が良いでしょう。私がギルドマスターに繋ぎますので」

「わかりました」


受付嬢の案内で、クロード達はギルド長室に移動した。

そこでは初老の女性が応接用のソファーに座り、お茶を飲んでいた。

「来たかね……強き者よ」

「……まるで俺達が来る事を事前にわかっていたみたいな言い方ですね。どうなんです、エルフのギルドマスターさん？」

「ほお～、私がエルフである事に気付くとは。まあ、良いか。とりあえず座りなさい。君は仕事に戻ってくれ」

エルフのギルドマスターは受付嬢を仕事に戻し、クロード達を空いているソファーに座らせた。

自ら人数分のお茶を用意し、話し始める。

「さて、どこから話したものか。やっぱりまずは、現状の説明からだね……現在、このバスフェンにドラゴンマウンテンからドラゴン族と竜人族が向かってきている。本隊に先んじてバスフェンにやって来た竜人族の先触れによると、『戦闘は望まない。こちらとの交渉《こうしょう》に応じろ』との事なのだが、それにしては雰囲気が物々しい。そこで、君達には彼らとの交渉の場の立会人になってほしいのだ。君達に依頼するため、使いを出すところだったんだよ」

「なるほど、事情はわかりました。しかし、何故俺達なのですか？　ここは冒険者の街です。俺達の他にも高ランクの冒険者なんていくらでも……とは言いませんが、それなりにはいるでしょう？」

「実はな……今日に限って、この街を拠点として活動している高ランクの冒険者達が、出払っているのだ。ダンジョン遠征《えんせい》やらお偉いさんの護衛依頼やらで、今、この街にいないんだよ」

　ギルドマスターが言うには、別の都市から来た強き者――クロード達の気配には昨日から気付いていたそうだ。そして、バスフェンの冒険者に代わって、交渉の場に立ち会ってもらう事を思いついたのだという。

「クランメンバー全員がSランク以上の君達なら、安心して任せられるというもの。お願い出来るだろうか？」

　クロードはギルドマスターからの頼みを聞き、少し考えてから答える。

「そうですね……わかりました、引き受けましょう。ちなみに報酬は？」

「……ひとまず、君が欲しい物をなんでも一つやる、というのはどうだ？　仲間の誰かが欲しい物でも良しとする」

「その条件で構いません。もらう物については、また考えておきます」

「そうか、ありがとう。ひとまず、先触れの者に挨拶してきてもらえるかな？　私はバスフェンの代表を務めるため、諸々の準備をしてから追いかけよう」

竜人族の先触れを務めた男はバスフェンを出て、ドラゴンマウンテンの麓――樹海の入り口で本隊の到着を待っているらしい。

クロード達はギルド長室を出ると、竜人族の先触れが待機している場所へ向かった。

樹海の入り口には一人の男が立っていた。

クロードは彼に話しかけてみる。

「あの、あなたがドラゴンマウンテンからやって来たドラゴン族と竜人族の先触れの方で間違いありませんか？」

「……？　ああ、そうだが。お前はどこの誰だ？」

「俺達は交渉の場に立ち会うよう頼まれた冒険者です。ギルドマスターはあとから来ます。ここ、樹海の入り口で何もないですけど……交渉ってこの場でするんですか？」

「そうだ。彼らが……ドラゴン族が入れる大きさの建物がこの街にはないからな」

「なるほど……あなた達の本隊は、あとどのくらいでここに到着するんですか？」

「……もう直ぐだ」

あまり話す気がないのか、男はそれっきり黙り込んでしまう。

クロード達はギルドマスターと本隊の到着を待った。

しばらくして、ギルドマスターがやって来た。そのさらに数分後、空から複数のドラゴン族と竜人族が舞い降りる。

「待たせたかな？　辺境都市バスフェンの代表とその連れの者……え、えええええ!?　ま、まさか、この魔力の感じと質は……りゅ、りゅ、りゅ、龍王マリアール様あああ!?」

地上に舞い降りたドラゴンの中で一番大きく、黄金の鱗を持つ長《おさ》らしき個体が、マールを見た途端、固まってしまう。

「なあ、マール。お前が昔、龍達の国で国王をしていた事は知っていたけど、お前の本名……マールじゃなくてマリアールだったのか？」

「うむ、確かに龍王をやっていた時はマリアールと名乗っていたが、わしは既に龍王を辞めておる。だからマリアールの名を捨て、マールとして再出発しようと思ったのじゃ……もしや主様は、マールじゃなくてマリアールという名の方が良かっただろうか？」

「いや。呼びやすいし覚えやすいから、俺はマールが良いよ」

クロードの言葉を聞いたマールは、夏に咲くひまわりのようにとても綺麗で温かな笑顔を見せる。

温《ぬく》もりを感じさせるマールの笑みに、居合わせた者はほっこりとした気持ちになった。

ほっこりモードから我に返り、バスフェンのギルドマスターが口を開く。

「……おっといけない。あまりにもマールちゃんの笑顔が素敵すぎてちょっと和《なご》んでしまった。ゴホン、さて、ドラゴン族の長殿、そろそろ本題に入ろうじゃないか」

「……ああ、では交渉を始めよう――ん？　って、ちょっと待て!!　マールちゃんではない！　あの方の事はマール様と呼ぶのだ。本当はマリアール様と呼ばなければいけないところだが……ご本人がマールという名を気に入っていらっしゃるから、そこはまあ良い。だが、せめて敬称を付けて呼べ」

「え、別に良いじゃないか。私の方がマールちゃんよりお姉さんなのだから。私の種族はハイエルフだよ。『鑑定』によるとマールちゃんは三百二十四歳だが、私は三百三十五歳。私の方がお姉さんだろう？　だから『ちゃん』呼びで良いじゃん」

そう言って譲《ゆず》らないギルドマスターに、ドラゴン族の長は「様付けで呼べ」となおも言い聞かせるのだった。

ギルドマスターとドラゴン族の長、竜人族の代表、そしてクロード達『守護者の集い』は交渉の場所を移す事になった。

というのも、「こんな場所では話しにくいから」と言って、クロードがドラゴンの体でも軽々と入る程巨大なコロシアム風の建物を『創造』したからだ。

場所を移動しつつ、ギルドマスターがクロードに話しかける。

「しかし、凄いな。この会場は。ドラゴン族の体格をも考慮《こうりょ》した、とても素晴らしい造りになっている。これ程の物を一瞬で作れるとは」

「まあ、急な事だったので簡易的な造りになってしまいましたけどね。でも、強度については自信があります。この交渉が終わったら、バスフェンの方で適当に管理しちゃってください」

「私が思っていた通りの有能さだ……これはますます、君にあの件を頼まなくてはいけなくなってしまったな」

「えっ、なんですって？」

ギルドマスターがボソッと呟き、クロードは首を傾げる。

「いや、なんでもない……ンンッ、では長殿、始めよう」

こうしてドラゴン族と竜人族の団体さんと、バスフェンの代表者であるギルドマスターの話し合いが始まった。

話し合いが始まって早々、ドラゴン族と竜人族の面々はマールの存在にビクビクしつつも、怒りを露《あら》わに事情を語った。

「ふむ……要するに、ドラゴン族の卵が何者かに盗まれてしまったんですね。調査をした結果、犯人が人間である事が一週間前にわかり、しかも竜人族の子供達まで拉致《らち》されていた事も判明した。しかし、肝心の犯人は特定出来ず……と。それでドラゴンマウンテンの麓にあるバスフェンが怪しいと考え、犯人を引き渡すよう交渉しに来たという事ですか」

クロードが内容を要約すると、ドラゴン族の長が頷く。

「うむ。盗人と拉致犯は麓にあるバスフェンを訪れたはずだからな」

「なるほど、それで……卵が盗まれた日と子供達が攫《さら》われた日はいつなんですか？」

「ああ、それは――」

ドラゴン族の長の話によると、卵が盗まれたのも子供達が拉致されたのも同日ではないかという見立てだそうだ。

ただ、正確な日時はわからないという。

「しかし……事件が発覚したのが一週間前なら、犯行があったのは少なくともそれより前だろう。そんなに時間が経過しているのなら、犯人は既にバスフェンにいない事も考えられる。ともすれば、裏稼業《うらかぎょう》の者や奴隷商に卵を売り渡しているかもしれぬし……探すのは相当骨が折れるぞ」

「……ああ、こちらも覚悟をしている。が、我らも竜人族の者達も、同胞《どうほう》を諦めきれないのだ。ギルドマスター殿、お主はエルフであろう。人攫いが生む悲劇は、お主も理解しているはず。力を貸してはくれぬか？」

ドラゴン族の長が訴える。クロードは知らない事だが、ギルドマスターはエルフ族がとある国に攫われ、奴隷にされている事を思い出し、決意する。

「……うむ、わかった。バスフェンを代表して力を貸そう。それでは――」

ギルドマスターがドラゴン族の長と話を詰めようとした、その時だった。

「あっ、攫われた卵と子供達の捜索なら、俺達がやれますよ？　丁度、うちの身内が――ベロニカが家族を奴隷に落とされて困っていたので、同時並行で探しておきましょうか？」

「……!!　それは……本当であろうか？　クロード殿」

信用出来ていないのか、クロードに訝しげな眼差しを向けてくるドラゴン族の長。

その様子を見て、話し合いの行方を静かに見守っていたマールが口を開く。

「はぁ～……そう警戒するでない。わしの主様はとても優しく、種族に対する差別意識も全くないお方じゃ。だから、心配せずとも良い。攫われた子供達と卵の捜索、そして犯人の特定はわし達に任せるのじゃ」

マールの言葉を聞き、ドラゴン族と竜人族の者達は納得した。

かくして、攫われた子供達と卵の捜索、犯人探しはクロード達が一手に引き受ける事になった。

「それじゃあ、早速……シャリナ、ちょっとこっちに来てくれ」

クロードが声をかけると、どこからともなく活発そうな女性——シャリナが現れる。

「クロード殿、そちらの少女はいったいどなただ？」

「……ああ、私も気になるね。ぜひとも教えてほしいなぁ、クロード君」

ドラゴン族の長の言葉に続いて、シャリナの登場で呆気に取られていたギルドマスターも気を取り直して聞いてきた。

「彼女は俺と契約している精霊族のシャリナです。彼女と配下の者達に、俺達のクランの情報伝達や諜報を任せていて……さて、シャリナ。追加の任務で悪いんだけど良い？」

「うん、大丈夫。問題ないよ～」

「そっか。それじゃあ——」

クロードは現在の状況を手短に伝えた。

「——という事で、誘拐された卵と子供達の行方を探し、誘拐した犯人……もしくは組織の特定を頼みたい。勿論、なるべく早く。ちなみに、ベロニカの両親の捜索はどうなっている？」

「ああ、そっちの方は——」

シャリナによると、そもそもベロニカの家が没落したのは、対立するベッケル伯爵家の策略だったらしい。

ベロニカの親は仕事をして借金を返していたものの、人に騙されてさらに困窮《こんきゅう》してしまう。遂に彼らは、ベロニカの兄と一緒に借金奴隷に落とされてしまったのだそうだ。

そんな彼らは、ある奴隷商人の手引きでクリエール王国の東の方へ連れていかれたという。

王国の東側には、奴隷を扱う悪名高い王国……通称、奴隷王国《どれいおうこく》ドーレルと、それを囲むようにして五つの連合王国が存在していた。

「そうか……奴隷商の連中が王国の東側に向かったという事は、十中八九、奴隷王国ドーレルに売り飛ばすつもりだろう。これは勘だけど……ドラゴン族、竜人族の誘拐事件にも奴らが関わっている気がするんだ。引き続き調査を頼むよ」

クロードがそう言うと、シャリナは「わかったよ～」と元気な声で返事をしてその場から姿を消した。

「……というわけで、少し待っていればシャリナと配下の者達が情報をあげてくれると思います。流石に今日中は難しいですけどね。その間、ドラゴン族と竜人族の方達はどこかで寝泊まりされますか？　それに、連絡方法も考えておかないと――」

その後も話し合いは続き、今後の方針が決まった。

シャリナから報告が来るまで、ドラゴン族と竜人族は代表の者を残し、ドラゴンマウンテンに戻るそうだ。ドラゴン族の長と側近二体、竜人族の代表と側近二人は、樹海の入り口で吉報《きっぽう》を待つという。

クロードはコロシアム風の建物の隣に宿泊施設を作り、彼らに滞在してもらう事にした。

交渉が一段落したのでドラゴン族や竜人族の面々と別れ、クロード達はギルドマスターと共に冒険者ギルドバスフェン支部に帰ってきた。

クロード達はそのままギルド長室に通され、応接用のソファーにギルドマスターと向かい合って座る。

「『守護者の集い』の皆、交渉を手伝っていただき感謝する。約束の報酬はどうするか、もう決めたかな？」

「はい。俺が欲しい物は『エルフの里への招待状』です。今回の件が片付いたらみんなで結婚式を挙げて、そのまま新婚旅行に行こうと思っていたんです。いくつか名所を巡ろうと思っていて……その時に、エルフの里にも行ってみたくて。それに、この報酬ならこれから依頼を頼むギルドマスターも嬉しいでしょう？」

「……いったいなんの事を言っているんだ。クロード君？」

「惚《とぼ》けなくても良いですよ。さっき、交渉会場で『これはますます、君にあの件を頼まなくてはいけなくなってしまったな』って言っていたじゃないですか。ドラゴン族の長が、エルフが人攫いの悲劇に遭ってきた……みたいな事を言っていましたし。俺に頼みたかった件って、『エルフ奴隷の解放』しかないだろうなって」

「……はぁ～」

ギルドマスターは深くため息をついた。

「ああ、その通りだ。全く、君は仲間や能力に恵まれているだけでなく洞察力《どうさつりょく》まで優れているのだな……では、単刀直入に言わせてもらうよ。Ｆランククラン『守護者の集い』にエルフ王国、ユーザリスの国王が一子、リーリルとして願う。我々と共に、奴隷王国ドーレルにいるエルフの奴隷解放を手伝ってくれないか」

ギルドマスター――リーリルが勢いよく頭を下げた。

時刻は夕方。ギルド長室の窓から夕陽が差して、綺麗な金色の長髪がキラキラと輝く。

クロードはそのあまりにも美しい姿に少しの間呆《ほう》けていたが、はっと気を取り直す。

クランメンバーと『念話』してリーリルの頼みについて了承を得ると、いまだに頭を下げ続けているリーリルに話しかける。

「リーリルさん、とりあえず頭を上げてください。そのままだと話しづらいです」

「う、うむ、確かにそうだな。失礼した」

「……まず、クラン『守護者の集い』としては、頼みを引き受けても良いと考えています。しかし、国家が保有している奴隷の解放となると俺達だけで判断するのが難しくて……この話は一度、国王陛下、もしくは宰相閣下に確認させてください。ダメならこの話は聞かなかった事にします」

　クロードがそう言うと、リーリルは全く躊躇いを見せずに「それで構わない！　頼む!!」と即答した。

「わかりました。それじゃあ、俺達は一度ネックに戻ります。あっちでやらないといけない事もあるので。また何かあったら連絡しますね」

　クロードは別れの挨拶をして、仲間を連れてギルドを出た。

　そして「『転移』」と唱え、バスフェンを後にしたのだった。


　転移魔法でネックへ帰ってきたクロード達は、ミレイやルシファーといった居残り組が待つクランハウスへ急いだ。

「みんな、今戻ったよ～。俺達が留守の間に何か困った事とかあった？」

「いいえ、特に困った事はなかったわよ……っていうか、こっちよりそっちでしょ。はぁ～、あなた達、いったいバスフェンで何やっているのよ!?　シャリナさんから先に事情を聞いた時は心臓が止まるかと思ったわ!!　……一応、彼女にバスフェンでの出来事を詳細に纏めた手紙を託《たく》したから、今頃国王陛下に届いていると思うわよ」

「あ、ありがとう、ミレイ。手間をかけちゃって悪かったね。でも、仕方なかったんだよ。ベロニカの家族の件とドラゴン族の卵、竜人族の子供達が誘拐された事件は繋がっていると思うし、そうなると見過ごすわけには……」

「ええ、わかっているわよ……今回の件が無事に片付いたら、歴代一位の早さで高ランククランに昇格しそうね」

「ははは、まさか～……え、マジ⁉」

ミレイの真剣な表情を見て、クロードが呆然とする。

「……ええ、マジな話よ。そうなったら凄く忙しくなるから、覚悟しておきなさいよ～」

ミレイはそう言って、ネックの中心地にあるクラン『守護者の集い』の出張受付所へ出かけていった。

「……さて、気を取り直して……これからみんなの専用武器と防具を作ろうと思う。悪いけど、みんなの装備を少しだけ預からせてくれ」

クロードは仲間達から武器と防具を預かると、作業をするためにクランハウスの二階にある自室へ向かった。

自室に入ったクロードは、預かった荷物を部屋の端に立てかけ、アイテムボックスからミスリルやオリハルコンといった希少金属やモンスターの素材を出して床に置いた。

そして、素材さえあればどんな武器や防具でも作る事が出来るスキル『武器防具錬成』を発動するのだった。

　クロードが作業に没頭する事、数時間。

　遂に武器と防具が完成した。

　まず、ケイトの新たな武器はその名も魔剣グラムという。

　形状は以前使っていた聖剣アロンダイトと同様だが、ミスリルとオリハルコンの合金、王都を襲ったスタンピードでクロードが倒していたＳＳＳランクモンスター、暗黒魔竜《あんこくまりゅう》ヴリトラの双角といった希少な素材を用い、最高の性能に仕上げた。

　胸当てや籠手《こて》といった防具にもミスリルとオリハルコンの合金を使用しており、防具の内側に着るインナーには、通気性、速乾性《そっかんせい》共に優れた、フォレストグレートキングコングの毛皮を使っている。

　防具に使用した素材は他のみんなもほぼ共通だ。しかし、武器はそれぞれの戦い方に適した素材を使った。

　たとえば、ベロニカにはミスリルとオリハルコンの合金とブラッドホーンヴァッファローの角を使って魔剣ブラッドホーンを作っている。

　魔法職のアイリとマルティには、ＳＳランクの素材を複数掛け合わせた爆炎竜《ばくえんりゅう》の長杖、光の大精霊のメイスをそれぞれ授ける。

また、ナビーにはウィンドドラゴンの角で出来た、風の大精霊の力が眠る武器——風竜《ふうりゅう》の双牙《そうが》、マールには七つの魔法属性を持つ竜の力を宿した扇《おうぎ》を渡すつもりだ。

みんなの武器と防具を作り終えたクロードは、次にスキル『創造』でそれぞれの装備に能力を付与していく。

「全ての武器と防具に不壊《ふえ》と自動再生《じどうさいせい》、加えて武器には武器吸収《ぶききゅうしゅう》、防具には防具吸収《ぼうぐきゅうしゅう》を与えて、強化をしやすくしよう。それぞれの得物に固有能力を一つずつ付与して——完成だ!!」

最後にクロードは、完成した新たな装備にこれまで仲間達が使ってきた武器を吸収させた。

第三章　奴隷王国ドーレル

作業を終えたクロードは、部屋の窓から外を眺めた。

「いつの間にか外は真《ま》っ暗《くら》だなぁ。そういえば、今何時だろう？」

クロードは部屋に備え付けてある時計を見た。

「もう夜の九時を回っているじゃないか。まさか、三時間も作業をしていたなんてな。夕食を食べないと……みんな、もう食べちゃったかなぁ」

一階に下りると、クロードが思った通り、食堂にみんなの姿は既になかった。

ところが、食堂の隣にあるラウンジから声が聞こえてくるではないか。

（もしかして、わざわざ俺の事を待っていてくれたのかな？）

とても温かな気持ちになるクロード。

ラウンジへ入ると……

パン!!　パン!!　パン!!

「!?　な、なんだ!?」

突然、破裂音《はれつおん》が鳴り響いた。

思わずギュッと目をつむったクロードが、恐る恐る目を開ける。目の前にはクラッカーを持って笑顔を見せているみんながいた。

「な、何!?　何故にクラッカー？　……今日って何かの記念日だったっけ？」

クロードは突然の事に理解が追いつかず、呆然としてしまう。

ベロニカが口を開く。

「何を言っている？　今日はお前の誕生日じゃないか。おめでとう、クロード!!」

「え……あ!!　そうか、俺の誕生日か。色々ありすぎてすっかり忘れていたよ。ははは、それじゃあ、お腹も空いちゃったし夕食にしようか」

そして、クロード達は少し遅い夕食に舌鼓《したつづみ》を打つのだった。

＊＊＊

翌日。クロードは朝食を食べ終え、完成した新しい武器と防具を仲間達に渡した。

「これがみんなの新しい相棒だよ。武器と防具の詳細は、各自の部屋に設置した台座でわかるようにしたんだ。装備を置いてから台座に触れて、『スキャン』って唱えれば台座のパネルに詳細が表

示されるから確認してみてね。それじゃあ、俺はドーレルの件で国王に話を付けてくるよ」

　そしてクロードは王城へ『転移』した。


　王城の城門前に転移したクロードは、貴族の証《あかし》である短剣を門兵に見せて入城する。シャリナから伝言を受け、事前に待機していた執事——セバスチャンの案内で国王の執務室に向かった。

「国王陛下、クロード殿をお連れしました」

「お！　来たか。入ってくれ」

　国王の許可を得て執務室に入ると、そこには神妙な面持ちをした国王と、ウキウキ、ワクワクしている事が一目でわかるような笑顔のルーチェが応接用のソファーに座っていた。

　ルーチェの背後には、彼女を守るようにパルが立っている。

『……ん、君がパルか。ちゃんと護衛の仕事もしてくれているみたいだね』

『ああ、こいつはオレの大事な契約者だからな。何かあったらオレが困るし、何よりシャリナ様とクロード様に顔向け出来ねぇよ』

『そうか、ありがとう。その調子で頑張ってくれ』

　クロードは『念話』でパルにお礼を伝え、ソファーに座ってこちらを見ている国王に話しかけた。

「早速本題に入ります。ベロニカの家族が奴隷王国ドーレルに連れていかれている事、そしてドラゴン族の卵と竜人族の子供達が攫われた事、リーリルさんに頼まれたエルフ奴隷の解放の事……詳細は既にシャリナからお知らせしている通りですが、これらについて、動いてもいいでしょうか」

シャリナの調査で、一連の事件はクロードの予想通り、ドレールによる犯行だと判明していた。

「うむ、ドーレルの件は私も前々から気にしてはいたのだ。だが、事は国家間の問題ゆえ、中々手が出せなかったのだよ。しかし、まさかエルフ族に対する誘拐行為だけではなく、ドラゴン族の卵と竜人族の子供達も攫っていたとは、由々《ゆゆ》しき事態だ。しかし、国を相手するとなると相応の準備が必要だ……よって、ドーレルにどう落とし前を付けさせるかはひとまず後回しにし、先にドラゴン族の卵と竜人族の子供達の発見と犯人の特定、捕縛《ほばく》を最優先とする」

「はい。俺も今はそれが最善だと思っています」

「うむ、では早速事に当たろう!!」

国王の許可を得たクロードは、執務室を出るとただちにシャリナを呼び寄せる。そして捜索の進《しん》捗《ちょく》状況を聞いた。

「丁度今、誘拐犯の隠《かく》れ家《が》の一つを見つけた、って連絡が来たところだよ～」

「そうか……その隠れ家に向かってみるよ」

クロードはシャリナとの話を切り上げ、急いで王城を出てクランハウスへ『転移』した。

クランハウスに戻ってきたクロードは直ぐに準備を終え、みんなに声をかける。

「これからシャリナの配下の精霊達が見つけた誘拐犯の隠れ家に向かう。決して殺さずに無力化しよう……行くぞ!!」

クロード達は辺境都市バスフェンに『転移』した。


シャリナの配下である精霊の案内で辺境都市バスフェンの郊外までやって来たクロード達は、草むらに身を隠し、遠くに見える古ぼけた民家を観察していた。

「まさか、あそこが誘拐犯達の隠れ家なのか？　俺にはごく普通の民家にしか見えないぞ」

「ご主人様、それが彼らの狙いなのです。敵にバスフェンの近郊に隠れ家があると思わせない事が必要ですからね」

「なるほど、確かに……」

クロードは納得しつつ、自分達にある魔法をかける。

「幻影魔法『インビジブル』」

クロードが『創造』で作った魔法を唱えると、仲間達の姿が消えた。

突然姿が見えなくなった事に混乱するみんなを、クロードは「これは姿を透明にする魔法だ」と説明して落ち着かせる。

そして、みんなに指示を出す。

「犯人を見つけたからといって直ぐに戦闘を始めたらダメだ。隠れ家にまだいるかもしれない卵や子供達に被害が及ぶ可能性がある……中の様子を一通り確認してから隠れ家を制圧しよう。潜入開始だ!!」

草むらを出たナビー達女性陣は、クロードの指示通り隠れ家を包囲するように位置を取った。

クロードはみんなが配置に就いた事を合図で確認すると、隠れ家の中へシャリナの配下である精霊を送り込み、中の様子を探ってもらう。


それから数分後——隠れ家に送り込んだ精霊からの報告によると、建物の中に誘拐された竜人族の子供達の姿やドラゴン族の卵はなく、この隠れ家に潜伏していた誘拐犯の一味もどうやら撤収《てっしゅう》の準備をしているようだった。

「……くそ、一歩遅かったか」

そう呟き、クロードは仲間達に『念話』を送る。

『……たった今、隠れ家に送り込んだ精霊から報告があった。誘拐犯たちは、あわよくばバスフェンの子供達をも攫おうとしていたようだ。どうやら竜人族の子供達とドラゴン族の卵は既にこの隠れ家にはいないみたいだ。これから隠れ家に潜伏する誘拐犯の捕縛に取りかかる……みんな、突入の準備をしてくれ――』

　クロードはみんなに指示を出し、ナビーと共に建物の扉の隙間から支援魔法の一つ、『スリープ』をかけた。

　スキル『神眼』の『万能地図』で建物の中の様子を確認して、一階と二階にいた誘拐犯達が眠りに就いた事を確かめると、クロードはみんなに声をかけた。

『――これより誘拐犯の隠れ家に突入する！　みんな！　俺に続け!!』

『『『『了解!!』』』』

　クロード達は音を立てないように慎重《しんちょう》かつ素早く建物に侵入すると、誘拐犯の捕縛と証拠資料などの捜索にあたった。


　早々に誘拐犯達を捕まえたクロードは、彼らを一階のリビングに移し、呼び出したルシファーに見張りを任せる事にした。そして建物中を捜索して、犯罪の証拠を探すが、中々見つけられない。

「……ここにもないな。これで二階にある部屋は全部調べたはず。あと調べてないところは……地下だけか。ドーレルを潰すためには、国ぐるみの犯罪である事がわかるといいんだけど……ナビー、地下に向かうよ」

　クロードはナビーを連れて一階に下り、他のメンバーと合流して地下へ続いている階段に向かった。

　クロード達は地下へ下りていく。

『……うっ、ひどい臭いがしますね』

『『『『うぅぅ』』』』

　階段を下りていくと、地下から死臭《ししゅう》が漂ってきた。

　ウルフ系のモンスターであるレイアと子供達が顔をしかめ、涙目になっている。

　地下にはいくつもの牢屋があった。

　全てもぬけの殻で誰もいない。

　しかし、いくつかの牢屋には人がいた痕跡《こんせき》が残っていた。

　まだ亡くなったばかりなのか、傷だらけの痛々しい遺体や白骨化した遺体がいくつも放置されていたのだ。

　クロードはしばしその尋常ならざる光景を目に焼き付けた。そしてみんなを連れ、牢屋の奥にある扉を目指す。

　強く握り込まれたクロードの両拳《こぶし》から血が滴《したた》り落ち、床を濡らした。

　扉の先には二つの通路があった。

　クロードはレイア、マール、五つ子狼達を右――おそらく脱出用の通路だと思われる――に向かわせ、自分を含む残りのメンバーで左の通路を進んだ。

（誘拐犯も奴隷王国ドーレルも……今回の事件に関わった奴らは、絶対に地獄へ落としてやる!!）

クロードは燃え滾《たぎ》る怒りを身に秘めながら、通路の先にあった扉を開いた。

部屋の中には書類が至るところに散らばっていた。

「……よし。みんな、この中からあいつらの犯罪の証拠を探し出そう!!」


証拠を探し始めてあっという間に数時間が経った。遂にクロード達は、今回の一件がドーレルによる国ぐるみの犯罪だという事を暴く証拠を掴んだ。

ちなみに、レイア達が向かった右の通路は、バスフェンの街の下を横断するかのようにトンネルが続いており、バスフェンから少し離れた場所にある森まで続いていたようだ。

クロードは証拠となる書類の束《たば》をアイテムボックスに収納し、牢屋に戻って放置されていた全ての遺体を丁寧に回収すると、隠れ家の一階へ戻った。

クロード達が地下から戻ってくると、誘拐犯の見張りを頼んでいたルシファーがシュパッと現れ発言の許可を求めてきた。

「どうしたの、ルシファー？　何か問題でも起きた？」

「はっ、クロード様が地下へ行っている間に私も情報収集をしようと思いまして……誘拐犯共に精神を操作する精神魔法をかけ、情報を得ようと思ったのです。全員に試したのですが、そのうちの一人がとても有益な情報を持っておりまして……それについて報告に参りました」

「そうか、ご苦労様……一応聞くけど、その精神魔法って安全？　あいつらが廃人《はいじん》になったりは――」

「その辺はご心配なく。色々と考慮して、一番精神に与える影響が少ない物を使いましたから」

ルシファーの言葉に、クロードは安心した。

「それは何より。じゃ、報告を頼むよ」

「はっ……まず彼ら誘拐犯の一味は、ヒュドラという巨大な犯罪組織に所属しているようです。ヒュドラは犯罪の内容によって五つの部門に分かれており、それぞれに長がいるようで……驚くべき事に、その五つある部門のうち、奴隷業部門の長がなんとドーレルの国王――クソッカスだったのです！」

「なるほどな……ヒュドラの奴隷業部門の長が奴隷王国ドーレルの国王か……色々と繋がってきたな。ありがとう、ルシファー。これから俺達はバスフェンのギルドマスターに報告をした後、王都に向かうよ。ルシファーはあいつらを王都に連れてきてくれないか？　向こうで騎士団に引き渡す」

　クロード達はギルドに行き、バスフェンのギルドマスターに判明した事を全て報告すると、『転移』で王城へ向かった。

　シャリナに頼み、ルーチェの契約精霊であるパルに事前に連絡を入れておいたクロード達は、直ぐに王城の応接室へ案内された。

　応接室のソファーには既に国王と宰相が腰かけており、クロード達の到着を待っていた。

「うむ、待っておったぞ……まあ、まずはかけたまえ」

　クロード達は国王の勧めるままにソファーに座ると、早速、今回の誘拐犯の隠れ家捜索の顛末《てんまつ》を報告し、隠れ家で回収してきた証拠書類を渡す。

「……なるほど。ドラゴン族の卵や竜人族の子供達の救出は間に合わなかったか。事件が発生してから少なくとも一週間以上が経過しているとの事だし、覚悟はしていたが……しかし、今回の件にあの悪名高い犯罪組織、ヒュドラが関わっていたとは。しかも奴隷業部門の長がクソッカス国王だったなんてな。オーグスト、直ぐにこの書類の真偽を精査《せいさ》するのだ。なんとしても奴隷王国ドーレルの悪事を白日《はくじつ》の下《もと》に晒《さら》すぞ!!」

「はっ、ただちに。文官総出で確認いたします」

　オーグスト宰相はそう言うと、待機していた数名の文官と共に応接室を出ていった。

「クロードよ。あれだけの書類の量だ。どんなに急いでも確認に二日はかかる。確認が取れ次第、パル殿にお前達のところへ報《しら》せを送ってもらおう。それまで、王都の屋敷で待機していてくれ」

「わかりました……ベロニカの家族も奴隷王国ドーレルにいる可能性があります。俺の配下の精霊と悪魔族に、先に現地を調査してもらっていてもよろしいでしょうか？」

「うむ……よかろう。だが、決して相手に気取《けど》られぬようにな」

「はい。承知しました。では、失礼します」

クロード達は奴隷王国ドーレル潜入の準備をするために、王都の屋敷まで戻った。


王都の屋敷に到着すると、クロードは直ぐにルシファーとシャリナを呼び出した。奴隷王国ドーレルの内部調査をしてもらう人員の手配を頼む。

二人が去っていくと、クロードは独り言をこぼした。

「今回の作戦の要《かなめ》はきっと俺達になるだろう。いつでも出発出来るように、しっかり準備しておかないとね」

＊＊＊

国王と宰相に証拠書類を提出して数日が経った。その日は早朝にパルから伝言が届き、国王の使いの者がクロード達の屋敷を訪れていた。

　クロードは使いの者の案内で馬車に乗り、王城へ向かう。

　ちなみに、クロード以外のクランメンバーは屋敷で待機中だ。


　数分後、馬車は王城の城門前で停車した。

「お待たせいたしました。ここからはこちらの者が案内いたします」

　馬車の扉を開いた御者は、城門の前で待機していた執事服姿の男性を手で示した。

「わかりました。ここまでの案内、ありがとうございました」

　クロードは御者にそう伝えると、城門の前で待っている男性のもとに駆け寄った。

「クロード様ですね。私は執事セバスチャンの部下で、カールと申します。ここからは私が陛下がお待ちの応接室までお連れいたします。それでは参りましょう」

　カールに連れられて応接室に着くと、既に部屋には国王と宰相がいて、クロードの到着を待っていた。

「国王陛下、宰相閣下、お待たせして申し訳ありません。先日の書類はどうなりましたか？」

「うむ、大変素晴らしい情報が手に入ったぞ。これでお前達や我々があの国に干渉《かんしょう》する大義名分が出来た。感謝するぞ、クロードよ」

「いいえ、俺はただ頼まれ事をこなしただけですので、お気になさらないでください。俺はこれから、一足先に仲間達と一緒にドーレルに向かいます」

「頼んだぞ……あ！　ドーレルに向かう前に、娘のルーチェに会ってやってくれぬか。あの子がもの凄く会いたがっていてな」

「わかりました。ルーチェ様にはこれから挨拶をしに行こうと思います。それでは」

クロードは応接室を出ると、その足でルーチェの私室へ向かった。

いつもなら私室を出て、ロイヤルパレスで朝食を食べている時間らしいのだが……何故か今日に限って、ルーチェは私室から出てきていないらしい。

ちなみに、この情報は彼女に宿る精霊のパルから仕入れたものだ。

クロードはルーチェの私室の前に到着した。

コンコン。

ルーチェの私室の扉をノックすると、部屋の中でバタン!!　と、もの凄い音がした。

続いて、バタバタと慌てているような音が聞こえてくる。

(ん!?　なんだ。この音は？　中で何かあったのかな。パルは何も言ってこないから大丈夫だと思うけど……ルーチェ様の返事が全然ないし、心配だ。中を覗いてみるか)

「……ルーチェ様、失礼します」

「え⁉　ちょっと待っ――」

ようやく入室を止めようとするルーチェの声が聞こえてきたが、時既に遅し。クロードは扉を開け放ってしまった。

「きゃあああああ‼　ク、クロード様、見ないでくださいまし‼」

「あ！　えっと、し、失礼しました！！」

クロードは急いで扉を閉め、辺りの確認をする。

「ルーチェ様、失礼いたしました。お、お着替えが終わりましたら、お声をかけていただけますでしょうか」

「は、はい。わかりました。少しお待ちくださいませ」


やがて部屋の中からルーチェの声が聞こえてきた。

「お待たせしました。クロード様、どうぞお入りくださいませ」

「……失礼します」

クロードが部屋の中に入る。そこにはドレスに着替え、ベッドに腰かけてこちらに背を向けているルーチェの姿があった。

（はぁ～、こっちを向いてくれないし、絶対に気分を害してしまったよな……耳の先から首筋まで真《ま》っ赤《か》になっているし……まあ、男に着替え中のあられもない姿を見られてしまったのだから当たり前か）

　クロードはルーチェの気持ちを理解し、あえてルーチェには近づかず扉のそばから声をかける。

「ルーチェ様、俺達はこれから奴隷王国ドーレルに向かいます。国王に言われて会いに来ましたが、最悪のタイミングで……先程は失礼いたしました。良い知らせが出来るように、みんなで頑張ってきますね。それでは」

　クロードは部屋を出ようとルーチェに背を向けた。

　すると突然、何かに飛びつかれたような軽い衝撃と、背中にむにっと柔らかい感触を覚える。

　首を傾げて背後を見やると、いつの間に近寄ってきたのかルーチェが引っ付いていた。

「どうかしたのですか？　俺はもう出ていきますが……」

「ええ、わかっています。わかっています!!　でも、でも、離れたくないって思っちゃったんです!!　私はクロード様に危険なところに行ってほしくないのです。もの凄く身勝手な我儘を言っている事はわかっています……でも……」

　クロードは振り返るとルーチェを抱きしめ、背中を撫でた。

　やがて、ルーチェが顔を上げた。

「……ふぅ、もう大丈夫ですわ。クロード様、十分に気を付けていってきてくださいまし。私は大聖堂でクロード様と皆さんの無事を祈っておりますわ」

「ああ……ありがとうございます、ルーチェ様。みんなにもルーチェ様の思いは伝えておきますね。じゃあ、行ってきます」

「はい!!　行ってらっしゃいませ、クロード様」

ルーチェは涙で濡れた目元を拭《ぬぐ》い、素敵な笑顔を見せてクロードを見送ったのだった。

クロードがパルに『ルーチェ様のそばを決して離れず、無理をさせないでくれ』と指示を飛ばしたのは言うまでもない。

ルーチェと別れたクロードはその足で王都の屋敷に戻り、屋敷で待機していたみんなと合流し王都を出発した。

クロードは遠出用に作っておいた内部の空間を拡張した大型馬車に乗って移動しながら、王城での出来事とルーチェの気持ちをみんなに伝えた。

「なるほどね。そんな事があったんだ」

アイリが相槌《あいづち》を打つと、その横からケイトが口を挟む。

「しかしな、クロード。いくら心配だったからとはいえ、女性の部屋の扉を許可なく開けてはダメだと思うぞ」

ケイトは王城でクロードが演じた失態について、やけにきつく注意する。

（まさか、俺がかつてケイ姉の家で全く同じ失敗をした事をまだ覚えているのかな。あれは俺が四歳の時の事だから、ケイ姉だって幼かったはずなんだけど……どれだけ記憶力がいいんだか）

奴隷王国ドーレルの王都を目指す旅は魔物や盗賊《とうぞく》などの襲撃に遭う事もなく、平和に過ぎていった。

クリエール王国の王都、クエールを出発してから数日後。ドーレルの王都は目と鼻の先まで迫っていた。

「もう陽も暮れそうだし、今日のところはあそこの街で宿を探そうか」

クロードの提案にみんなが頷く。

クロード達はドーレルの王都に一番近い、商業が盛んなとある街に宿泊する事になった。

＊＊＊

翌日――

起床したクロード達は朝食を食べて早々に宿をチェックアウトし、寄り道をせずに街を出た。

街を出てから数時間後。馬車の御者を任せている天使族の長、ミカエルの配下からドーレルの王都が見えてきたと報告が届く。

ミカエルは今回、何人かの配下と一緒に、クロード達の身の回りの世話をしてくれていた。

ミカエルが言うには、召喚主であるクロードとその仲間達の世話をするのは当たり前の事なのだそうだ。

配下の天使達も笑顔でサポートしてくれている。

（天使族にとってはこれが普通の事なのか？　これだけ世話を任せっきりだと、普通のメイドなら文句を言ってきそうなものだけど……天使達は律儀《りちぎ》なんだな）

ドーレルの王都が目視出来るところまで来たので、クロード達は馬車から降りた。目立たないように、ここからは徒歩で王都に向かうのだ。

天使族のみんなと別れ、クロード達は歩き出した。

十分程街道を歩くと、王都の城門に着いた。

検問を受けるため、長蛇《ちょうだ》の列の最後尾に並ぶ。

「流石に王都だけあって訪問者が多いな。まあ、列の中には荷馬車が多いから商人や冒険者なのかな。観光客は少なそうだ」

「はい。それにしても……この中の何人かは今回のような卑劣《ひれつ》な犯罪に関与しているかもしれません。今は手が出せないのが悔しいです」

クロードは小声でナビーと話しつつ、自分達の順番が来るのを待った。

それから待つ事一時間あまり。クロード達の前に並んでいた人々は検問を終え、続々と王都へ入っていく。遂にクロード達の番がやって来た。

「……まずはこの王都を訪れた理由を聞かせてくれ」

門番の質問に、クロードは自分を含めた全員分のギルドカードを提出した。そして、今回の任務のためにバスフェンのギルドマスターが用意してくれた偽《にせ》の依頼書を見せる。

その後、次々と繰り出される質問に答えていくと……

「全員、高ランクの冒険者か。うむ、依頼書に不審な点もなさそうだな……入ってよし!!」

門番はギルドカードと依頼書を返し、クロード達の入国を認めた。


無事にドーレルの王都へ潜入したクロード達は、先に入っていたルシファーの配下と合流し、手配しているという宿へ向かった。

ドーレルの王都にはあこぎな商売をしている店が多い。そんな中、この宿は真っ当な経営をしているのだという。

これはルシファーの配下が宿を手配する際に調べて判明した事だった。

「そういえば、王都に入る時の検問が思っていたより厳重だったな。君は何か知っているか？」

クロードが案内してくれているルシファーの配下に何気なく聞いてみると……

「はい、クロード様。これには少々事情があるのです。少し長くなりますが、お話しいたします。実は――」

ルシファーの配下の話によると、あの検問の状況を作り出したのは他でもないクロードが送り込んでいた人員……ルシファー率いる悪魔族達と、同じくこの地に潜入していたシャリナが纏める精霊族達だという。

ドーレルの王都にはクロード達が泊まる宿だけでなく、悪事に手を染めずに経営している宿がいくつかある。しかしながら、そうした良心的な店や宿屋に対し、国王、クソッカスの息のかかった者が立ち退《の》きを要求しているそうなのだ。

「国王側にどのような企みがあるのかは探っている最中ですが、とりあえず動きを牽制した方が良いと判断し、私共の方で対処いたしました。結果、相手が警戒を強めたようで……勝手に動いた事への罰《ばつ》は謹《つつし》んでお受けいたします」

「いや。今回の事は不問にするよ。なんだかこの都市には、誘拐や人身売買といった犯罪だけじゃなくて、もっと大きな悪の存在を感じるんだ……あくまでも、俺の勘だけどね」

ルシファーの配下から話を聞いているうちに、宿泊予定の宿に着いた。

荷物を預けたクロードは、ナビーと共に、王都の真っ当に経営しているという店を順番に回ってみる事にした。

「なるほど、人の出入りはどこの店もそこそこあるみたいだ……出来れば、立ち退きを要求している現場を見ておきたいんだけどなぁ。何か手はないかな……」

「それでしたら、影魔法の『影分身《かげぶんしん》』を使ってみるのはいかがでしょうか？　マスターの分身を作り、各店の動きをご自身の目で確かめるのです」

「え!?　影魔法ってそんな事も出来るの？」

「はい。マスターの実力でしたら、複数の分身体を作って従えるなど容易い事です。マスターには『魔道王』のスキルがあり、様々な魔法を使えるのですから……もう少しご自分のスキルについて理解を深めた方がよろしいかと思いますよ」

「……はい。頑張ります」

しょんぼりしつつ、クロードはナビーを連れて路地裏《ろじうら》に入った。早速、ナビーの助言通りに影魔法で分身を十数体作り出す。

それを真っ当な商売をしているという各店に配置すると、宿に戻り、獲物が網《あみ》にかかるのを待つ事にした。

ちなみに、クロードの分身体は全て『インビジブル』をかけて透明化している。誰にも姿を見られる心配はないだろう。

＊＊＊

クロードが自身の分身体を配置してから一夜が明けた。

「おう!!　ちょっと邪魔するぜぇ。オヤジィ!!」

クロード達が食堂で朝食を摂っていると、宿の出入り口で怒鳴り声が響いた。

思わずそちらを見やると、慌てて出てきた宿の主人が応対しているところだった。

「なっ!?　またお前らか!!　何度も言っているが、この土地をお前達に売るつもりはない。商売の邪魔になるからさっさと帰れ!!」

「おいおい、オヤジよ〜。俺達にそんな口を叩いて良いのかなぁ？　そんな事ばかり言ってると、オヤジも向かいの雑貨屋のジジイと同じ目に遭わせちまうかもよ〜!!　ははは、まあ良いや。今日のところは帰ってやるよ。また来るぜぇ。じゃあな、オヤジ!!」

捨《す》て台詞《ぜりふ》を吐き、チンピラは去っていった。

宿屋の店主がクロード達に謝ってくる。

「はぁ〜……お客様、お騒がせしてしまい申し訳ありません」

「いいえ、こちらは大丈夫ですよ。それより……先程のチンピラはよくこの店に来るんですか？　差し支えなければ話を聞かせていただけると嬉しいのですが……」

「別に話をするぐらいでしたら構いませんよ。どういった事が知りたいので？」

「ありがとうございます。それじゃあ、まずは――」

クロードが聞いた話によると、先程のチンピラは国王の遠い遠い親戚筋の者がやっている地上《じあ》げ屋に属している者らしい。

国王の親戚である事を笠《かさ》に着て好き勝手しており、この宿屋を含め、良心的に商売しているところ程困っているという。

先程の話に出てきた「雑貨屋のジジイ」とは、チンピラに抵抗したばかりにボコボコにされてしまった雑貨屋の主人であるとの事だった。

（なんだかいけ好かないな……国王をとっちめるついでに排除しておこう）

心の中でこっそり誓うクロードだった。

＊＊＊

奴隷王国ドーレルの王都に潜入してから三日が過ぎた。

四日目の朝、宿で朝食を食べていると、クロード達が待ち望んでいた情報が精霊達によってもたらされた。

クロードはみんなを部屋へ移動させ、遮音の結界を施してから口を開く。

「たった今、ドーレルの王城に潜り込んでもらっていた精霊達から報告があった。みんな、心して聞いてくれ……君達、さっきの話をみんなにもしてくれるか？」

クロードが虚空《こくう》に向かって尋ねると、部屋の中に一陣《いちじん》の風が吹き、緑色の小柄な精霊が姿を現した。

精霊によると、ドーレルの首脳陣は全員魔族に洗脳されているのだという。ほとんどの者が魔族化しており、王都で暮らす住人の多くは同様の状況らしい。

「一度魔族化すると、二度と元の人間には戻せぬ。無事な者達だけ避難させるしかないのぅ」

「マール……そうは言っても、ひどいのは王族や首脳陣だけじゃないのか？　街を歩いた限り、怪しい人はいなかったぞ。国民の外見に変化が出てないなら、まだ救う手立てはあるんじゃ――」

「主様。残念じゃが、魔族化した人間というのは外見が変わるようなわかりやすい者ばかりではない。外見は一切変わらないまま、魂《たましい》のみが変質してしまう者もいるのじゃ。なんせ外見はただの人間じゃからな。見分けるのが大変難しいのじゃ」

「じゃ、じゃあ、この国の人達は……」

「大変つらい事じゃが、王都に限って言えばほとんどが手遅れじゃろうな。ただ……おそらく、この宿屋の店主とその家族といった例の立ち退きを要求されていた者達は、まだ魔族の影響を受けていないのではないか？」

「え!!　それはどういう事なんだ!?」

「わしの勘じゃが……この建物の下、地中の奥深くを流れている龍脈《りゅうみゃく》に秘密がありそうなのじゃ」

マールの仮説は「立ち退きを要求されていた店舗の地下に眠る龍脈には、魔族の力を妨害《ぼうがい》するなんらかの効果があるのでないか」という事だった。

だから魔族達……国王の息がかかった者達は、各店舗《かくてんぽ》の家主を追い出そうとしていたのだ。

その地に住み続けられては、全国民を魔族化する事が叶わなくなってしまうから。

「とにかく。まだ無事な人達をなんとか避難させないとな。みんな、何か良い案はないかな」

クロードが尋ねると、みんなは考え込む様子を見せた。

真っ先にベロニカが声を上げる。

「クロード、全員を転移魔法でネックやバスフェンに送ったらどうだ？　正直、あたい達に出来るのはこれくらいだと思うが」

（その方法は俺も最初に考えた……はあ～、やっぱりこれしか手段はないか）

今後の方針を決めたクロード達は、魔族化の影響を受けていないドーレルの王都の住人を説得し、一時的にクリエール王国に移動してもらう事にした。このまま彼らの住処《すみか》に留まっていれば魔族がどんな手段に訴えてくるかわからないからだ。

クロード一人では説得に時間がかかってしまうので、クランメンバーとルシファー、ミカエルの配下達にも協力してもらう。

同時に、クリエール王国の国王に事情を伝え、王都で暮らすドーレル国民を避難させる許可を取った。

ちなみに、シャリナは配下の精霊達と共に王城や主要施設などの監視役に徹してもらっている。

＊＊＊

行動を開始してから数日が経った頃、みんなの献身的《けんしんてき》な行動のおかげで、無事だったドーレル王都の住人達の説得は成功した。

彼らも自国の様子がどうもおかしい事には薄々気が付いていたらしい。

「無事な住人を一人残らず同じ街へ『転移』させてくれるのであれば、問題ない」との事だった。

クリエール国王の許可も取れたため、ドーレルの王都の住人の脱出作戦が始まった。

生き残っていた者達を密かに自分達が泊まる宿に集め、クロードは話しかける。

「これから皆さんをクリエール王国の迷宮都市、ネックの城門近くに『転移』させます。向こうには話をつけていますので、心配しないでください。俺も一緒に行って、ギルドの人達にもう一度事情を伝えます……では、行きましょう。みんな、直ぐに戻ってくるからここで待っていてくれ」

クロードは宿に仲間達を残し、避難民と共に『転移』していった。

＊＊＊

クロードが転移してから十分程が経った。

以前宿にやって来たチンピラ——実は、人間に擬態《ぎたい》している正真正銘《しょうしんしょうめい》の魔族——が再び宿に現れた。

「ん？　お前ら……この前来た時に飯食ってた奴らじゃねぇか」

チンピラが宿の中を隅々まで見て回る。

「……なあ。あんたら、ここの宿の店主とその家族がどこに行ったか知らねぇかな」

チンピラは何かがあった事を感じ取っていたが、あえて素知《そし》らぬ顔をしてナビー達に尋ねた。

「いいえ。私達は何も知りませんよ」

素っ気なく対応したナビーに、チンピラが額に青筋を立てる。

「おいおい。そんな態度で良いのかぁ？　お前ら、『何か知っています』って面《つら》しているじゃないのぉ。知っている事、洗いざらい話しちまえよ～」

チンピラはあろう事かナビーの肩に手を回しながら宣《のたま》った。

命知らずの行いに、ナビーが、そして仲間達が殺気立つ。

無論、チンピラはそんな事など露知《つゆし》らず、さらに調子良く言う。

「そういえば……あの時、あんたらと一緒に飯食ってた男はどこ行ったんだよ？　あんな優男《やさおとこ》よりも絶対に俺の方がイケてるぜ。なあ？　あんたらもそう思うだろ？　あんな男はほっといて俺と一緒に来いよ。全員、天国に連れてってやるぜ」

「「「「「「……はぁ!?」」」」」」

ナビー、マール、ベロニカ、ケイト、アイリ、マルティの声が揃った。

クロードに対する暴言の数々で、彼女達の堪忍袋《かんにんぶくろ》の緒《お》が切れたのだ。いつもは優しく、誰に対しても丁寧な口調で話すナビーでさえ、ドスの利いた声だった。

＊＊＊

避難民達を送り届けてから一時間後……クロードが『転移』で宿に戻ってきた。

「ん？　ねぇ、みんな。この肉塊《にくかい》はいったい……？」

クロードのもっともな質問にナビー達居残り組はばつが悪そうな顔をする。

彼が去ってからの事情を、アイリが端的に説明した。

「え～……以前見かけたチンピラにまた絡まれたのよ。脅しても逃げないどころか、『俺は魔族だぞ』って言ってナビーを人質にしようとするから倒しちゃった」

「なるほど、そんな事があったのか……みんなに怪我がなくて本当に良かったよ。しかし、あの時のチンピラが魔族で人に化けていたとは……」

同じ空間にいると気分が悪くなるので、クロードは魔族の肉塊を外に放り出し、誰にも気付かれないように密かに焼却《しょうきゃく》した。

いよいよ、クロード達は奴隷王国ドーレルに巣食う全ての魔族の殲滅に乗り出す事にした。

まず、クロードは今まで魔族達の監視に専念してもらっていたシャリナを呼び戻し、今の状況を聞いてみる。

「んっと……今はどこもかしこも慌ただしいよ～。なんか『急にパンチーの反応が消えたぞ！』とか言ってた～。たぶん、パンチーってのは仲間かな？」

「なるほど……魔族達はどうやら仲間の位置を把握しているみたいだね。となると、この宿を早々に離れた方が良いかもしれない。きっと、パンチーって奴がナビー達に絡んできたチンピラ魔族だろう。最後に反応があったこの場所を調べに来るに違いない」

「確かに～。そうした方が良いかも、主様。なんか、『とっても偉そうな魔族が兵士を集め始めました』って、王城に残している子から連絡が来たよ～」

「やっぱりか……みんな、直ぐに部屋から荷物を持ってきて。ここを離れよう」

クロードの言葉にケイトが反応する。

「離れると言うが……いったいどこに行くつもりだ、クロード？　どこかあてでもあるのか？」

「ああ、あるよ。とっておきのがね」

クロードはみんなの荷物をアイテムボックスにしまう。

そして、急いで宿を出た。

自身を含む全員に『インビジブル』をかけて透明となり、街を行く。

そうして一キロ程歩いた時……先程までクロード達がいた宿で大爆発が起きた。

＊＊＊

場所は変わり、先程までクロード達がいた宿屋――

ありふれた二階建ての建物だったそこは爆破され、今は黒焦《くろこ》げになった大量の瓦礫《がれき》が散乱するばかりだ。

宿屋があった場所の上空には、数人の魔族が浮遊していた。

「おい、バルカン！　これでパンチーを殺した奴らは死んだはずだ。あの瓦礫の中を探らせろ。パンチーと奴を殺した犯人の死体を持ってこい！」

「はっ、ただいま……おい、お前達！　さっさと瓦礫からパンチー様と犯人の遺体を見つけ出せ。直ぐにだぞ。あまりデベロッパー様をお待たせするんじゃないぞ」

一番豪華なローブを着た男……デベロッパーにバルカンと呼ばれた魔族は、直ぐに地上へ下りて指示を出す。

そして、自分達が魔族化させた兵士達と共に瓦礫を掻《か》き分け始めたのだった。

「まだなのか、バルカン!!　さっさと遺体を俺のもとに持ってこい!!　いったいいつまでかかっているんだ!?」

デベロッパーは何時間経っても犯人達の痕跡さえ見つからない事に焦りを覚え、バルカンに八つ当たりをする。

デベロッパーに理不尽な八つ当たりをされながらも、バルカンは必死に遺体を探し続ける。

バルカンは哀《あわ》れな男だ。

無能な上司の下に配属されてしまったのが彼の運の尽きだった。

＊＊＊

魔族達がありもしないパンチーの亡骸《なきがら》を探している頃——

クロード達は宿からかなり離れたところにある、空き家となった民家の物置小屋のそばに来ていた。

「クロード？　こんなところでいったい何をするつもりなんだ？」

ケイトの質問に、クロードはさもなんでもないかのように「まあ見てて」と返す。

そしてアイテムボックスを漁《あさ》り始めた。

しばらくすると……

「あ！　あったあった。これだよ、これ」

クロードがアイテムボックスから取り出したのは、魔道具……小さな台座に載っているオーブだった。

ベロニカが首を傾げる。

「このオーブがどうしたんだい？」

「これにはね、透明化と遮音、そして聖なる結界を張る力を与えてあるんだ。王都の屋敷にいた時に、暇つぶしで作った代物なんだけど……まさかこんなタイミングで使う事になるなんてね。思いもしなかったよ」

クロードはそう言いつつ、またアイテムボックスを漁る。

目当ての物は直ぐに見つかった。

クロードはドーレルに来る道中も乗っていた特製の馬車を取り出すと、馬車の扉を開けた。そして、馬車の中に先程のオーブを設置する。

「よし、馬車にオーブと同様の効果が付与されたぞ。これで敵に気付かれずに親玉がいる王城まで近づけるはず。まあ……流石に城に入る時は馬車から降りて歩いていかないといけないけどね」

そうして、クロード達は馬車に乗り込み、ドーレルの王城に向かった。

やがて馬車がドーレルの王城に到着した。

みんなと共に馬車を降りると、クロードは空に向かって手をかざす。

「それじゃあ、王城に入る前に王都に結界を張っておくね。ボスと戦っている間に、他の魔族が逃げ出さないようにしないと……どこかで暗躍されても面倒だしさ」

クロードは『創造』で作ったスキル『退《たい》魔《ま》結界《けっかい》』を発動した。

クロードが発動した結界は、王城を中心として王都を包むように広がっていく。それは神聖なオーラを放ち、魔族化してしまったドーレルの王都の住人達を浄化していった。

「‼　クロードさん、この結界は……もしかして魔なる者への強い浄化作用があるのですか？」

「うん。その通りだよ、マルティさん。流石に元人間を手にかけるのは後味が悪いからね……魔族に変化したとはいえ、もともとは一般人だっただろうし。この国のほとんどの人はちゃんと天国へ行けると思うよ。その代わり、純粋な魔族は今頃相当な苦痛を感じているはずだ。さて……何体が生き残るかな？」

クロードは一瞬だけ底冷えするような冷たい眼差しで王城を見たが、直ぐにいつもの優しげな雰囲気に戻った。

「準備も出来た事だし、王城に乗り込みますか。あ、一応言っておくけど、ボスとの戦闘中にさっきの結界を受けても生き残った魔族が乱入してくるかもしれないから、背後には注意してね。それじゃあ、行こう！」

王城の中は人影が少なく、静かだった。床に寝そべり、苦しそうにもがいている魔族がちらほらといるくらいだ。

「『退魔結界』は、邪悪な存在を祓《はら》う効果があるスキルなんだけど……手加減をしたのに、純粋な魔族にはかなり効果があるんだな。まさか城内の魔族をここまで減らせるなんて予想していなかったよ。まあ、ちっとも効いていない者も何人かいるようだけど……みんな、敵が来るよ！」

クロードがそう呼びかけると同時に、王城の二階へ続く大階段から二名の魔族が下りてきた。クロード達が入ってきたエントランスの大扉からも、数名の魔族が駆け込んでくる。

「おいおい。急にピリッとした感覚を覚えて見に来てみれば……なんだ。こりゃ？　魔族化させた人間がほとんど消滅しているうえに、生き残っている魔族はピクピクと痙攣《けいれん》するばかりでなんの役にも立ちやしねぇ。デベロッパー……お前ら、ボロボロになりすぎだろ」

大階段から下りてきた巨漢《きょかん》の魔族は、大扉からやって来た魔族達の有様を見て、おどけた様子で言った。

バカにされた魔族――デベロッパー達は、苦虫を噛み潰したかのような表情で巨漢の魔族を睨みつける。

「あれ。思っていたよりもピンピンしているな。やっぱり、元人間の魔族のために結界の効果を調整したからちょっと威力が落ちちゃったのかな？」

クロードは大扉から入ってきた魔族達を無視し、大階段を下りてきた二人の魔族を見て呟いた。

（この魔力の大きさ、巨漢の魔族はスタンピードの時に逃した魔族と同じくらい強いか。そして黙って様子を見ているもう一人も……結構強いな。大方、ボスの側近といったところかな）

分析を終えたクロードは仲間達に『念話』し、前方の巨漢の魔族達二人に気を付けるように伝える。

『あ、それと、ナビー。悪いんだけど、後ろの魔族達の相手をお願い出来る？　後ろでウロチョロされると鬱陶《うっとう》しいからさ』

『わかりました。直ぐに片付けます』

『ああ、よろしくね』

ナビー達がデベロッパー達に向き合い、戦いを仕掛けた。

クロードはナビーとの『念話』を終わらせると、巨漢の魔族達を見据えて言い放つ。

「悪いんだけどさ、そこ、通らせてもらうよ。俺達、この城の玉座の間にいるだろうあんた達のボスに用事があってここまで来たんだよね。だから、あんた達に構っている暇は正直あまりないんだよ」

クロードが挑発すると、巨漢の魔族が眉根を寄せた。彼はクロードの挑発に乗ってくる。

「おいおい、侵入者さんよ。あまり粋《いき》がらない方が良いんじゃねぇかな!!」

巨漢の魔族はクロードに向かって殴りかかってきた。

しかし、クロードはその攻撃を軽々と回避してみせる。

「ふん！　ふん！　クソ……どうしてオレの攻撃が一つも当たらないんだ!?」

「それはあんたの攻撃が遅すぎるからだろ。止まって見えるぞ」

クロードが煽《あお》ると、巨漢の魔族は激怒する。

「クソー!!　調子に乗ってんじゃねぇぞ!!　この人間風情《ふぜい》が!!」

「いやいや。俺は別に調子になんて乗ってないけどなぁ。俺はただ、真実をそのまま言っているだけだし……それじゃあ、そろそろあんたにはこの世から退場してもらうよ」

クロードはそう言うや否や両拳に聖属性の魔力を纏い、自分の目の前に立つ巨漢の魔族の腹部を殴る。魔族は大階段の上まで吹っ飛んでいった。

吹き飛んだ巨漢の魔族は僅かにもがくも、直ぐに黒い塵となって消えていった。

（なんなのだ、あの人間達は!?　あの男はああも巨大な男を……タートスを軽々と倒してしまうし、仲間と思《おぼ》しき女達も、デベロッパーとその部下をまるで赤子の手を捻るかのように容易に倒してし

まうなんて。あいつらはとても危険だ。早くアルバド様に知らせなくては）

クロードと巨漢の魔族の戦いを傍らで見ていた残された魔族は、内心でもの凄く焦っていた。

ゆえに、彼はこの場からの撤退を決める。

「ふん、中々やるではないか。この場は見逃してやる」

そう捨て台詞を吐いて、玉座の間へ『転移』していった。

「ん～、どうやら生き残っている魔族は、さっきの奴とこの玉座の間っぽいところから一歩も動かない親玉、そしてそのそばで待機している連中だけみたいだね……」

『主様～、報告だよ～』

その時、もぬけの殻となった各重要施設を捜索していたシャリナ達から連絡が入った。

『どうしたの。まさかベロニカの家族の事で何かわかったの？』

『うん。良かったのか悪かったのかわからないけど、有益な情報が入ってきたよ～』

『そうか、それじゃあ早速聞かせてくれる？』

『了解だよ』

シャリナからもたらされた情報は、クロードにとって決して喜ばしいものではなかった。

『そうか、ありがとう。引き続き情報収集を頼む』

『任せて～』

シャリナとの『念話』を切ったクロードは、もたらされた情報をみんなに伝える。

シャリナからの報告によると、ベロニカの家族は奴隷としてドーレルに運ばれ、ここからさらに北上した場所――魔族領に連れていかれたらしい。

家族全員が無事であるとは確認出来た。

しかしながら、魔族の重要拠点があるあちらに着いてしまったら、何をされるかわかったものではない。

幸いドーレルを出発したのが何日か前という事なので、魔族領に着くまでにあと十日程の猶予《ゆうよ》がある。

クロードの言葉を聞いて、仲間達は少しホッとしたような表情を見せた。しかし、肉親のベロニカだけは浮かない顔をしている。

「早くここを片付けて、ベロニカの家族を運んでいる輸送車を追わないとね」

クロード達は決意を新たに、大階段を上がって先に進んだ。


この王城は三階建てだ。

生き残りの魔族が集まっている玉座の間は、三階の一番奥にあるらしい。

なんの障害もなく玉座の間の大扉の前まで辿り着くと、クロードは勢いよくその大扉を蹴り飛ばしてこじ開けた。

玉座に腰かけていた魔族は、近くに控えていた魔族――クロードの前から『転移』で逃げた男――からの報告を聞いていたのか、じっとクロードを見つめた。

「ほお、人間如《ごと》きが随分と大胆な登場をするな……して、どのような用件かな。人間殿!!」

「……どのようなも何も、俺達の用件なんて聞くまでもなくわかっているだろ？　お前達を倒しに来たんだよ。これから、お前達が魔族領に送った輸送車を追わないといけないんだ。無駄話をしている暇はない。さっさと戦おう」

こうして奴隷王国ドーレルでの最後の戦いが幕を開けた。


戦いが始まって一時間程が経った。

相手の魔族で残っているのは、今、クロード達の目の前で肩から青紫色《あおむらさきいろ》の血を流しているボス魔族だけである。

他の魔族達はナビーやベロニカ、ケイト達元『銀狼の牙』の面々が殲滅していた。

彼女達は樹海でのレベリングの成果を確かめるべく、マールとレイア、五つ子狼といったクロードの従魔組に手を出さないよう頼んだのだ。

「くそ……まさかここまでやるとは思わなかったぞ。だが、これで終わりだと思うなよ!!」

ボス魔族がそう言った途端、彼から感じられていた魔力の質が急速に変化していく。

（なんだ。この嫌な感覚は……）

クロードは危機感を覚え、魔族の様子を注視した。

魔族の魔力が膨れ上がり、それに伴って魔族の外見も変化していく。

「なんなのよ。あれは……」

戸惑うアイリに、隣にいたマルティが答える。

「あれは魔族固有の力『魔力暴走』だと思います。私も見るのは初めてですので確かな事は言えませんが……マールさん、あれは『魔力暴走』で間違いありませんか？」

マルティが尋ねると、マールは首を横に振った。

「いや、あれは『魔力暴走』とは似て非なるものじゃな。『魔力暴走』は一度発動すると、もう二度と元の体に戻る事はないが、この変化は一時的なものじゃろう。これは『魔力暴走』ではなく、『狂化《きょうか》』じゃな。一部の魔族……上級魔族だけが使える固有能力じゃ。じゃが、我が主にかかればあのようなものどうとでもなるのじゃ」

「……ほお、そこのお前。『狂化』を知っているのか？　しかし……『どうとでもなる』だと？この私を舐《な》めるんじゃない!!　私は上級魔族だぞ。人間如きが知ったような口を利くな!!」

『狂化』した魔族は、すっかり様変わりした屈強な肉体とスピードを活かし、クロードに突っ込んできた。

しかしクロードは、魔族の渾身の突進をいとも容易く回避してみせる。

「な!?　何いい!!　どうしてこの私の全力の一撃を回避する事が出来る!?　私は上級魔族だぞ!!　人間如きが避ける事など出来るはずがない……お、お前、お前はいったい何者なのだ!!　……う、うわああああ。く、来るなぁぁぁ!!　こっちに来るんじゃなぁぁぁい!!」

魔族は情けなく叫び散らかすと、魔法で天井を撃ち抜いた。ゆっくりと近づくクロードを恐れ、そのまま外へ逃げるつもりのようだ。

魔族が浮遊し、一目散に上昇していく。

「あ、外に逃げちゃったよ。まあ、『退魔結界』を張ってあるからどこにも行けないと思うけど」

クロードの言葉通り、空へ逃げたはずの魔族が『退魔結界』にぶつかって落ちてくる。

「な……何故あのような……強力な結界が……上空に展開しているのだぁぁぁ!?　あれではもうどこにも逃げようがないではないか……クソ……クソ……クソ!!」

「事前に張っていた『退魔結界』は出力を調整していたせいで、純粋な魔族が結構生き残っちゃったからさ。『退魔結界』をさらに強力にして、俺が張り直しておいたんだ。逃げられずに残念だったね？」

クロードは魔族に向かってそう言うと、魔力で作った極小の弾丸《だんがん》……魔力弾《まりょくだん》を、床に力なく倒れ伏している魔族目がけて撃つ。

極小の魔力弾は真っ直ぐに飛び、魔族の胸に当たった。

魔族は苦しみもがき、一分もしないうちに黒い塵となって消滅した。

魔族が消滅するのを見届けたクロード達に、感傷《かんしょう》に浸《ひた》る暇などない。

王城を出たクロード達は、とある場所……シャリナ達精霊が奴隷の輸送に関する書類を見つけた役所に向かった。


役所に着いて直ぐ、シャリナの配下の精霊が迎えに来てくれた。その案内で書類を纏めているというシャリナのもとを目指す。

「シャリナ!!　早速だけど、見つけた書類を見せてくれる?」

シャリナは手元にあったいくつかの書類をクロードに渡した。

そしてニコッと笑う。

「主様、輸送された人達の名簿の他に、輸送経路を記した地図も見つけたんだよ~。ねえねえ、僕、偉い?　役に立ったかな」

シャリナはクロードとベロニカの周りをくるくると回りながら尋ねた。

書類によるとベロニカの家族の他に、エルフ族やドラゴン族の卵、竜人族の子供達も同じ輸送部隊で運ばれているらしい。

「ああ、ありがとうシャリナ殿。これで父上と母上、そして兄上を救い出せる」

「『シャリナ殿』なんて呼ばなくて良いよ、ベロニカ様。呼び捨てでも構わないし、『ちゃん』付けでも良いからね！」

そう言ったシャリナは、ベロニカの頬に自分の頬を数度擦り付けると、どこかへ行ってしまった。

「よし。ここで手に入る情報はこのくらいだろう。各所への現状報告はシャリナに任せて、俺達は急いで出発しよう。今ならまだ間に合うはずだ」

クロード達は役所を飛び出すと、急いで輸送車を追うのだった。

＊＊＊

ドーレルでの決戦から七日が経ち、北上を続けたクロード達は、遂に輸送車を目視出来る位置までやって来ていた。

馬車の御者を買って出たルシファーから「輸送車を見つけました」との報告を受けたクロードは、馬車に設けられた覗き穴から様子を窺う。

「確かに、あの団体が輸送車で間違いなさそうだね」

クロード達が発見したドーレルから魔族領へ向かう輸送車は、一台だけではなく何台もあった。

輸送車の団体は今もなお、ゆっくりと魔族領を目指して進んでいる。

「さて、ベロニカの家族はいったいどの輸送車に乗せられているんだろう？」

クロード達を乗せた馬車もゆっくりと、しかし確実に魔族達の輸送車に近づいていった。

＊＊＊

クロード達の馬車が遠目に輸送車を目視した頃――

件《くだん》の輸送車は魔族の輸送部隊によって、緩やかに北上していた。

輸送部隊の最後尾で馬を駆け、二人の魔族が追尾していく。

「ふう、これでやっとこの奴隷輸送も最後か。あとは、魔族化させた王都の住人をドーレルから撤退させるだけだ」

彼らは馬をゆっくり走らせながら、今までの事を振り返っていた。

「ああ。邪神《じゃしん》様を復活させるために必要な生贄《いけにえ》の調達はこれで終わる。まさか必要な数の贄《にえ》を揃えるのに十五年もかかるとは……昔は思いもしなかったけどな」

「全くだぜ。この作戦はドーレルの周辺にある五つの国は勿論、大国のクリエール王国とグッタール帝国に勘付かれるわけにはいかないからな。すげぇ肩が凝ったぜ」

「……その苦労ももう終わる。やっと我々魔族の悲願である邪神様が復活を遂《と》げるわけだ」

「ああ、帰ったら酒場で一杯《いっぱい》やろうぜ!!　作戦完遂《かんすい》の祝いによお……俺、魔都《まと》の外《はず》れに良い酒を出す店を知ってるんだよ。どうだ？」

「……はぁ～、しょうがねぇ。付き合ってやるよ!!　その代わり酒がまずかったら許さねぇからな」

「わかってるって!!　大船に乗ったつもりでいろよ。絶対にうまいからよ」

二人の魔族は自分達の後ろで聞き耳を立てているクロード達一行に気付く事なく、魔族領に戻ってからの予定を楽しそうに話し合うのだった。

＊＊＊

魔族達の輸送部隊に気付かれないギリギリの近さにまで接近したクロード達は、馬車をルシファーの配下の悪魔族に任せた。

そして『守護者の集い』の面々に『インビジブル』をかけて透明化すると、馬に乗って輸送部隊を追ったのだ。

クロードは最後尾を警備している二人の魔族の真後ろにつけ、こっそりと企みを聞いていた。

二人の魔族の会話を録音用の魔道具にばっちり保存すると、クロードは『念話』で仲間達に指示を出す。

『みんな、聞いての通り、このままだと魔族達の思惑通りに邪神とやらが復活してしまうみたいだ。ベロニカの家族とエルフ族、竜人族、ドラゴン族の者だけを救出する手筈だったけど、そうもいかなくなった』

『確かに。何より可哀想《かわいそう》だしね』

クロードの言葉にアイリが答える。

魔族が今回輸送している人数は、クロードの想像以上に多かったのだ。

『そうだ。よって作戦を変える。警備している魔族の輸送部隊を殲滅し、輸送車に囚われている人達を全員救い出そう。中には罪を犯して奴隷に落ちた危険な人なんかもいるかもしれないから、保護する時は細心の注意を払ってくれ』

『『『『了解』』』』

ナビー、ベロニカ、ケイト、アイリ、マルティが声を揃えて返事をした。

『では、行動開始!!』

クロードの号令で仲間達が動き出す。そして各輸送車の最後尾の警備をする魔族と御者の排除にかかるのだった。

クロードは魔族の排除を、自分とケイト、マール、レイアで担当する事にした。

残りのメンバーには、輸送車に囚われている人々の保護や世話を任せる。

クロード達四人は護衛役と御者の魔族を排除し、次々と輸送車から人々を救い出していく。救い出した人達は、ナビー達が待機する場所に転移魔法で送り届けた。

馬車が停まって怪しまれないように、倒した御者の代わりにルシファーの配下に御者をしてもらうのだ。

救出作戦はうまく運んでいた。

しかし……

転移魔法を発動する際に僅かに生じる青白い光に気付かれ、別の輸送車を護衛していた二人の魔族が、担当する輸送車を離れて様子を窺いに来た。

「……確かにこの辺りで青白い光を見たはずなんだけど」

「本当に見たのか？　お前の見間違いじゃないのか？」

「……そんなはずはないんだけどなぁ」

周囲を警戒しながら、二人の魔族は少しずつクロード達がいる輸送車のもとに近づいていく。

クロードのもとまであと数台……というところまで迫った時、二人の魔族はある変化に気が付いた。

魔族の一人は輸送車の側面に付いている小窓から中の様子を覗き見る。

「……!?　な、何!?　誰もいなくなっているだと!!」

輸送車の中を見て、魔族の男が驚きの声を上げた。

片割れの魔族は他の仲間に敵の襲撃を知らせようとする。

「敵しゅ――」

その時、どこからともなく声が聞こえてきた。

「……そんな事させると思っているのか?」

魔族の二人はその声から言い知れぬ寒気を感じ、咄嗟に後ろを振り返ろうとした。

スパッ!

敵襲を知らせようとした魔族の首が吹き飛ぶ。

もう一人の魔族は相方の首が吹き飛んだのを目撃し、「ひっ!!」と小さな悲鳴を上げると固まった。

魔族の首を吹き飛ばしたのは、御者に変装したルシファーの配下だ。

「我らの主がなさる事を邪魔しようとは良い度胸ではないか。それに……」

ルシファーの配下は他の輸送車を眺め、さらに言う。

「それに、お前達が崇める邪神とやらはそんなに尊《とうと》い者なのか？　俺には到底そうは思えん。邪神などよりも我らが主の方が尊きお方だ」

残された魔族は呆然とするばかりで身動きが取れない。

ルシファーの配下は言葉を区切り、また話し始める。

「……邪神などという矮小《わいしょう》な存在は、必ず我らが主に葬《ほうむ》り去られるだろう」

そう言い切ると、ルシファーの配下は唖然とする魔族の首を切り飛ばした。

かくして、クロード達は何事もなく輸送車に囚われていた人達を救出していくのだった。

＊＊＊

一方、ナビー達は『転移』で送られてくる人々の避難誘導で慌ただしくしていた。

人々を誘導しながら犯罪奴隷とそれ以外とに区別をしていく。

それを手伝っていたベロニカは、人混みの中に遂に自分が探し求めていた人達――両親と兄の姿を見つけた。

「……お、お父様……お父様！！！！」

ベロニカは顔をくしゃっと歪ませて目に涙を浮かべると、家族に駆け寄った。

「……!?　べ、ベロニカ……ベロニカ！！！！」

ベロニカの父親は自分に向かって駆けてくる娘の姿を捉え、妻と息子を連れてベロニカに走り寄った。

そして彼女を抱きしめる。

「うぅぅ……お父様、お母様……うぅぅ……お兄様も……ご無事で良かった！　……本当に良かった!!」

涙を流すベロニカに、父親が優しく言う。

「……ベロニカ、それはこっちのセリフだぞ。冒険者になって様々な土地で働いていると聞き、心配していたんだ。私達のように人に騙され、奴隷になっていなければ良いが……と話していたところだ」

「そうだぞ。お前は一度言い出したら頑固《がんこ》だし、思い込みが激しいところもある。他人の恨みを買うとまでいかずとも、誰かに迷惑をかけてはいないだろうかと不安だったんだ。心配事が多すぎて、奴隷になった時でさえ気丈《きじょう》だった母上も、少し体調を崩した程だぞ」

ベロニカの兄は苦笑した。父親も頷く。

「ドーレル王国に売り飛ばされるわ、さらには『別の場所に輸送するから輸送車に乗れ』と命じられるわ、散々だったが……お前の無事がわかって一安心だ」

ベロニカの父親はそう言って、隣を労《いたわ》るように見やる。

夫と息子の肩に掴まり、ベロニカの母は安堵《あんど》で倒れ込みそうになりながらも、娘に心配をかけまいと必死に平静を装《よそお》っていた。

「お母様!!　顔色があまり良くないではありませんか。こちらに来てください。私の仲間に診てもらいましょう。病気に詳しい人がいるんです」

ベロニカは家族を連れてナビーのもとへ向かった。

「ナビー!!」

ナビーは自分を呼ぶ声を聞き、声がした方へ目を向けた。

「ベロニカさんじゃないですか。いったいどうしたんですか？　そんなに血相を変えて……まさか何かが起こったんですか？」

「いいや。家族が……探していた家族がようやく見つかったんだ!!　ただ、母の体調が芳《かんば》しくなくて。ナビーに不調の原因の特定と治療をしてほしくて。お願い出来ないか」

「なるほど……」

ナビーはベロニカの後ろで母親を担いでいる父親と兄に挨拶をし、少し開けた場所へ移動してもらう。

そこに母親を下ろさせると、早速触診《しょくしん》を始めた。

「……ふむ。原因がわかりましたよ。お母様はストレス性の胃腸炎《いちょうえん》ですね。もう少しでさらに悪化してしまうところでした。でも、これなら私でも治せそうですね」

ナビーはそう言って、ベロニカの母親のお腹に手を置き、『エクストラヒール』と唱えて回復させた。

「……これで大丈夫だと思います」

ナビーの言う通り、ベロニカの母親の青ざめた顔に血色が戻る。体調が良くなってきている事が窺えた。

ナビーがベロニカの母親を診ている間も、クロードによって輸送車に囚われていた人達が次々と『転移』させられていた。

ベロニカ、ナビー以外のクランメンバーが二人の分の仕事を引き継ぎ、簡易テントを建て、犯罪奴隷とそれ以外の者とで人を整理していく。


しばらくして、クロードとケイト、マール、レイアが『転移』で戻ってきた。

「みんな、ただいま。何か問題は起こってない？」

クロードは近くにいたマルティに声をかけた。するとマルティが微笑む。

「いいえ。ただ、とっても良い事がありましたよ。なんとベロニカさんがご家族と再会出来たんです……まあ、再会直後はお母様がちょっと体調を崩していらっしゃって大変だったようですが。ナビーさんのおかげで今は回復されています。ここから少し離れたところに設営した簡易テントで、ご家族と一緒に休まれていますよ」

「そうか。良かった……」

マルティからベロニカの家族の状況を聞き、クロードは心の底から安心した笑みを浮かべ、息を吐く。

クロードはケイト、マール、レイアに周囲の手伝いを任せて、マルティに教えてもらったテントの中に入る。

そこには簡易ベッドが置かれており、女性が横になっていた。

その人のベッドの周りには、安心しきった表情のベロニカと二人の男性が囲むようにして椅子に座っている。

「ベロニカ、お母さんの調子はどう？」

「クロード!?　来てくれたのか……心配ない。ナビーの治療のおかげで全快した。今までの疲れが出たのか、今は眠っているがな」

「そうか。何事もなくて良かったよ」

クロードがベロニカと話していると、男性の一人が恐る恐るといった調子でベロニカに尋ねてくる。

「……その、そちらの男性はどちら様かな？　良かったら紹介してくれるとありがたいのだが」

「ああ……お父様達が彼に会うのは初めてでしたね。彼は私が所属している『天の祝福』のパーティリーダーであり、冒険者クラン『守護者の集い』の長をしているクロードです。まだ公《おおやけ》にはしていませんが、私の婚約者でもあります」

「そうか、ベロニカの婚約者か……婚約者!?」

父親が大声を張り上げた。

「クロードはクリエール王国を襲ったスタンピードを鎮圧した功績を称えられ、陛下から男爵の爵位を賜ったのです。その時に私を含めたクランメンバーも活躍して……実は私も爵位持ちになったのです。それに、ミーガン家の再興を支援してくださると陛下に約束していただきました」

話を聞いたベロニカの父親と兄は驚きのあまり言葉が出ないようで、口を開いたまま固まってしまった。

ベロニカの父親が我に返って言う。

「……ベロニカが爵位持ちに……そうか。私達と離れ離れになって、相当苦労しただろうに……」

父親はベロニカの事を労い、娘の頭を優しく撫でる。

兄は優しげな眼差しで、頭を撫でられて気恥ずかしそうにしている妹を見つめていた。

クロードが家族の団欒《だんらん》を少し離れたところから見守っていると、ベッドで眠っていた母親が目を覚ました。

カッと目を見開き、家族に呆れ気味に声をかける。

「……ちょっと、あなた達。夢現《ゆめうつつ》に聞いていれば、客人をないがしろにして自分達だけで盛り上がるなんていけません！　ベロニカ、あなたもあなたです。クロード様はあなたの婚約者なのでしょう。もっとしっかりしなさい」

母親にとがめられたベロニカ達は「……あっ」と口を揃えると、クロードに勢いよく頭を下げた。

「身内が失礼をしてしまい、申し訳ありません……うちのベロニカは少々男勝《おとこまさ》りなところがありますが、良い子です。どうぞ末永くよろしくお願いしますね」

ベロニカの母親は身を起こし、居住まいを正して言った。父親と兄もそれに倣《なら》うように一度頭を上げ、再びクロードに向かってお辞儀をする。

その一部始終を見ていたベロニカの目に、涙が浮かんだ。

それは先程流した家族と再会出来た事への安堵の涙とは違い、これからの未来に希望を抱いた幸福な涙だった。

テントの中でみんなと喜びを分かち合ってからしばらく経ち、その場が落ち着いた頃、クロードはベロニカ達ミーガン子爵家の面々に話しかける。

「さて……そろそろ外の作業も終わると思いますから、クリエール王国に帰りましょう。お母さん、ご自分で歩けますか？　無理そうでしたら、俺がお連れしますが」

「いいえ、大丈夫ですわ。ナビーさんのおかげで体調も絶好調なんですの」

「そうですか……わかりました。それでは行きましょうか」

クロード達はテントから出ると、奴隷達の確認を終えたナビー達と合流した。

そして、クリエール王国への帰還準備に取りかかった。

帰還準備を滞《とどこお》りなく終わらせ、クロード達は救出した奴隷達に向かって口を開く。

「これから、俺があなた達をクリエール王国へ『転移』させます。その後は俺を含めた王国の者が、不当に奴隷にされた方々が元の暮らしに戻れるように手配します。借金奴隷や犯罪奴隷に関しても、こちらで対応いたします」

クロードは今後の事を奴隷達に説明し、一度その場を離れた。

アイテムボックスから馬車を取り出し、ベロニカと一緒にミーガン子爵家はそちらに乗ってもらう。

この場を仲間達に任せ、クロードはクリエール王国の王城に『転移』した。

クロードの目的の人物……国王は、王城の前でクロードの到着を待ち構えていた。

「……うむ、そちらの事情はシャリナ殿とパル殿から全て聞いておる。事前に打ち合わせしていた通り、保護した奴隷達は王都の郊外に『転移』させよ。そちらには騎士団を向かわせておるからな。すまないが、お主達『守護者の集い』には、引き続き奴隷達への対応を依頼したい」

「かしこまりました。ですが、流石にクランメンバーのみんなも疲労が溜まっています。俺達が最初に引き受けていた任務……ドラゴン族の卵及び竜人族の子供達の捜索、そしてエルフ奴隷の解放に関係しない他の奴隷については、騎士団の方々に対処していただきたいです。よろしいでしょうか？」

クロードの意見に、国王は頷いた。

「勿論だ。では頼んだぞ、クロードよ」

「はいっ」

クロードは国王への報告を終わらせると、急いで仲間達のもとに戻っていった。

みんなのもとに戻ってきたクロードは、ナビー達に国王の許可が取れた事を伝えると、早速奴隷達の『転移』を開始する。

「それじゃあ、順番に並んでください」

クロードは奴隷達にそう言いつつ、いつの間にかそばに控えていたルシファーとミカエルに話しかける。

「悪いんだけど……あっちに送った後の見張り役として、お前達の配下に向こうに行っていてほしいんだ。何人かで良いんだけど……頼める？」

クロードの願いにルシファーとミカエルは「勿論です」と即答した。

そして、それぞれ十人程の配下を呼び出し、先に王都クエールに派遣する。

「あれだけの人数の見張りがいれば、犯罪奴隷も暴れ出しはしないだろう。陛下が手配してくれる騎士団もいる事だしね。それじゃあ、そろそろ始めるか」


小一時間かけてクロードは全ての奴隷達を王都クエールに送り届けた。

送り漏れがない事をしっかり確認し、仲間達とミーガン子爵家の者達を乗せた馬車と一緒に『転移』した。

王都の郊外では奴隷達の対応をするため、騎士団が慌ただしく働いていた。

「おっと……クロード殿!!」

クロード達が城門前に転移してきたのを発見し、奴隷の選別作業中だった宰相……オーグストが近づいてきた。

「これは宰相閣下。今回はご助力くださりありがとうございます。宰相閣下も手伝いに来てくれたんですね」

「ああ、話は陛下から聞いたぞ。なんでもミーガン子爵家の者達を無事に保護出来たそうじゃないか……聞くところによると、彼らは不当に奴隷に落とされたそうだな。良ければ私が彼らの奴隷契約を解除する手続きをするが」

オーグストからの申し出に、クロードは後方に停めていた馬車のそばに立っているベロニカを見やった。

そして『念話』で事情を伝えた。

ベロニカが馬車の中で待機している父親、ミーガン子爵に意見を仰《あお》ぐと……

「なるほど。宰相閣下がそのような事を……ありがたくお言葉に甘えさせていただこう」

ベロニカはクロードを振り返り、首を縦に振ってみせた。

ミーガン子爵が提案を受け入れた事を知り、クロードはオーグストに話しかける。

「ベロニカとミーガン子爵も、宰相閣下のご提案をお受けしたいとの事です。どうぞよろしくお願いします」

「承知した。あそこにある門番の詰所までミーガン子爵家の者達を連れてきてくれるか？　私は奴隷商を呼び、契約解除の準備をしておこう」

オーグストはそう言って去っていった。

どうやら、ミーガン子爵家の面々を含む不当に奴隷契約を結ばされた者達については、この場で契約解除の手続きをしてしまうつもりらしい。

クロード達が宰相に指定された門番の詰所に向かうと、そこでは他の奴隷も契約解除を進めていた。

ミーガン子爵家の準備も整っており、ベロニカの両親、そして兄の奴隷契約の解除は滞りなく行われた。

その後、今後の打ち合わせをしてクロード達はお役《やく》御免《ごめん》となった。

ドラゴン族や竜人族、バスフェンのギルドマスター、リーリルにもシャリナに頼んで連絡を入れておく。

その日はミーガン子爵家の者達と共に、王都にあるクロードの屋敷で休む事になった。

＊＊＊

数日後。

その日は早朝から国王の使いの者が王都の屋敷にやって来た。

「今日の正午から王城にて謁見の儀を執り行います。登城《とじょう》してくださいませ」

今回の謁見の儀に召喚されたのは、クロード達……クラン『守護者の集い』と、ミーガン子爵家である。

クロード達は朝食を摂り、十一時前まで屋敷でたっぷりと寛いだ。

そして時間に余裕を持って王城へ向かうのだった。


王城に着くと執事のセバスチャンが城門前で待っていた。

いつものように応接室に案内され、時間が来るまでここで待つよう指示される。

クロード達が数十分の待ち時間を思い思いにリラックスして過ごしていると、やがて部屋の扉がノックされた。

——コン、コン。

普通の兵士とは違い、立派な鎧《よろい》を着込んだ兵士が応接室の中に入ってくる。

「失礼いたします。クラン『守護者の集い』の皆様、並びにミーガン子爵家の皆様。謁見の儀のお時間となりましたので、お迎えに参りました」

クロード達は兵士の案内に従って応接室を出た。

謁見の間の前……両開きの大扉の前に着くと、兵士は「ここで少し待っていてください」と言い、扉の中に入っていった。

やがて中から扉が開かれ、そばに控えていた近衛兵に入場するように促される。

謁見の間に入ったクロード達は、クロードを先頭にしてレッドカーペットの端まで進む。

玉座に座る国王の手前で止まり、クロードは片膝をついて礼の姿勢をとる。

「その方ら、面を上げよ」

クロードと仲間達、そしてミーガン子爵家が頭を下げてから少しして、前方の玉座に座る国王が口を開いた。

「此度のドーレル王国での働き、大儀《たいぎ》であった。その方らに褒美を与える。まずベロニカには準男爵の爵位を与え、白金貨百枚の褒美を取らせる。また、その父であるミーガン子爵……お主には改めてミーガン領の統治を任せる。次は他者に騙される事がないようにせよ、良いな？」

「はいっ。謹んでお受けいたします」

ミーガン子爵が恐縮しつつ答えた。

クランメンバーの女性陣には、ベロニカと同様に騎士爵の一つ上の階級……準男爵の爵位を与えられた。

また、白金貨百枚も贈られる。

最後にクロードの番が回ってくる。

「クロード、お前にはエルフ族、ドラゴン族、竜人族から感謝の手紙が届いておる。難しい任務を仲間と共に果たした功績を称え、お主の階級を男爵から二階級上げ、伯爵《はくしゃく》とする。また白金貨二百枚を与える。今後も我が国のため、大いに励むように……それとクロードよ、その方は明日、もう一度登城してくれ」

国王はそう言って笑ってみせた。

最後に、国王に代わって宰相が「謁見の儀はこれにて終了とする」と宣言する。

謁見の儀は何事もなく穏《おだ》やかに終わるのだった。

閑話6

これはクロード達が王都に迫るモンスターの大群……スタンピードに対処していた時の話だ。

『魔眼』シリーズの所持者でありながら、スキルを隠匿《いんとく》した罪で捕まったシリウスは、王城の地下牢に入れられていた。

魔法とスキルの力を封じる手《て》枷《かせ》を付けられており、脱獄など出来そうにない。

「何故、何故、この俺がこんな地下牢に幽閉《ゆうへい》されなければいけないんだ!?　俺は『魅了の魔眼』使いのシリウス様だぞ!!　全員、全員、俺に対する不敬罪でぶっ殺してやる!!　絶対にだ!!」

地下牢を見張っている兵士達は、シリウスの支《し》離《り》滅裂《めつれつ》な言動に一切の反応を示さない……はずだった。

「……そうですか。では、ここを出て私と一緒に、我が主……魔王軍四天王のもとに来ませんか？」

地下牢に何者かの声が響いた。

シリウスの牢屋の前に一人の男が現れる。

「今のあなたには……まあ、昔のあなたにもですが、勇者やその仲間なんかより、魔族側が似合う

と思いますがねぇ。どうでしょうか？」

「何!?　……魔王に降《くだ》れという事か!?」

シリウスは侵入者……悪魔族の男に問いかけてから、しばらく俯《うつむ》いて考え込んだ。

そして急にガバッと顔を上げる。

地下牢の床を両手でバンッと叩いたシリウスは、再び問うた。

「俺が……俺がそっち側――魔族につけば、俺は今よりももっと自由に、好き勝手に動く事が出来るのか？」

「ええ、勿論です」

(何せあなたの本質は闇。絶対的な闇……正真正銘の悪なる者なのですからね)

そんな内心を隠し、悪魔族――魔王軍四天王補佐の男はにこりと微笑んでみせた。

「……そうか。じゃあ、誘いに乗ってやるよ。俺をお前達の親玉のところに連れていけ。この俺様がお前達魔族に勝利の美酒《びしゅ》を味わわせてやる」

「それは楽しみですねぇ……では、こんなかび臭いところからさっさと出ましょうか」

悪魔族はそう言って懐から怪しげな球体の魔道具を取り出した。

鉄格子の隙間から、手枷を付けられて跪いているシリウスに向かってそれを投げつける。

その球体はシリウスの直ぐそば……近くの床に当たり、粉々《こなごな》になった。割れた魔道具から薄紫色の煙が発生し、地下牢全体に広がっていく。

「な!?　この煙はいったい……なん……なん……だ……？」

煙を吸い込んだシリウスは一瞬にして昏倒《こんとう》し、地下牢の床に倒れ込んだ。

「ふむ。中々のアイテムですねぇ。まさか、こんな直ぐに効き目が出るとは思っていませんでしたよ。さて……目当ての者を回収出来ました。ここに侵入した事がクリエール王国の者達にバレる前に、さっさと退散しましょうか」

悪魔族が鉄格子に手をかけ、腕力で捻《ね》じ曲げる。そして気絶しているシリウスの手枷を外して、彼を脇《わき》に抱えた。

そして己の痕跡を一切残す事なく、闇の中へ消えていった。

＊＊＊

気絶したシリウスが意識を取り戻すと……そこはどこまでも広がる大森林の上空だった。

「……!?　……な、なんだ、ここは。ここはどこなんだ!!」

シリウスは見慣れない景色にパニックに陥り、身をよじる。

『こらこら。あまり暴れないでくださいねぇ。今のあなたでは落ちたら死んでしまいますよ。下をご覧なさい』

「……!?」

シリウスは自分が置かれている状況を理解し、サーッと血の気が引いていくのを感じる。

(どうして空の上にいるんだ？　何かが俺の体を掴んで飛んでいやがるようだが……)

シリウスは真上を見上げた。

そこにいたのは、翼を生やした巨大な異形の怪物《かいぶつ》だった。

「……お、おお、お前はいったいなんだ!?　俺様を地下牢まで迎えに来た、あの魔族の男はいったいどこに行った!?」

『……ははは。これは、これは。ひどい事をおっしゃる。あなたの言う魔族の男こそ、この私なのですがねぇ。まあ、私は魔族ではなく悪魔族ですが』

「は!?　そんな事、あるわけがないだろう。あの魔族は人みたいな見た目をしていて……お前みたいな異形じゃなかったぞ！　それに悪魔族なんて聞いた事もない!!」

『はぁ～、あなた達人間は本当に我々の事を知らないのですね……良いでしょう。魔族領までまだ少しかかりますし、私が悪魔族についてあなたに教えて差し上げましょう』

魔族はそう言って、シリウスの返事を待たずに勝手に話し始めた。

『我々悪魔族には特殊な者を除き、下級、中級、上級といった種族階級が存在します。種族の限界を突破した者は上級のさらに上……亜神級悪魔、あるいは神級悪魔と呼ばれます。悪魔族の中でも力が強い者は四天王や七つの大罪、それに準ずる役職を持つのですねぇ。ちなみに私は上級悪魔で、魔王軍四天王補佐ですよ。この異形の姿は、階級が上級以上の悪魔族が使う幻源回帰《げんげんかいき》という奥義です。私の幻源回帰は幻鳥《げんちょう》シリーズと呼ばれる形体の一つで――』

（まず魔族領にある魔王城に向かって……あちらに着いたら、この男の魔族化を進め、その後悪魔化をしなくてはいけません。少し急ぎましょうかねぇ。私やあの方々のようにこの地上界にやって来る悪魔族は大変珍しいのですが、それはまだ彼には教えなくて良いでしょう）

　長々と喋りながら、悪魔族の男はこれからの事を考えていた。

　シリウスが呟く。

「まさか魔族の裏に悪魔族って種族がいて、そいつらにそんな特殊能力があったなんて……魔族領に行ったら、俺もその『幻源回帰』ってやつを使えるようになるのか？」

『ええ。多少の修業は必要でしょうが、問題なく使えると思いますよ』

（悪魔化が終わればきっと使えるようになるでしょう。嘘は言っていませんよ、黙っている事があるだけでねぇ）

　悪魔族はニヤリと笑い、口を開く。

『急いで魔族領へ向かうため、ここからは飛行速度を上げます。舌を噛まないように注意してくださいねぇ』

それからは特に会話もなかった。

数時間後――

シリウスと『幻源回帰』した悪魔族の男は魔族領に辿り着いた。

第四章　守護者の集いの休息

クロードが男爵から伯爵へと異例の二階級の陞爵《しょうしゃく》をした翌日。

国王に言われた通り、クロードは一人で王城を訪れていた。

いつもの応接室に通されてソファーに座り、用意された紅茶を飲みながら待つ事数分、扉をノックする音が聞こえてきた。

「待たせてしまって申し訳ないね」

意外な事に、応接室に入ってきたのはクロードを王城に呼んだ国王ではなく、宰相であるオーグストだった。

「いいえ。俺も先程ここに着いたばかりですので……国王陛下はどうなさったんですか？」

「陛下は今、溜まった書類の処理をしているんだ。先に陛下がいなくても出来る話をしてしまおうと思ってね。私だけ早めに来たんだよ」

「なるほど。それで、話というのはなんでしょう？」

「ああ……クロード君、君の家の家名の話だ。貴族になったわけだし、これからは家名で呼ばれる場合も多くなるだろう？　色々と不便な事も出てくるから、今のうちに決めておいてほしくてね。あとは……将来的に君が治める事になる領地と、君達の結婚式についての話かな」

　オーグストは机の上に紙とペンを置き、続けて聞いてくる。

「それで、まずは家名だけど……何か希望する家名はあるかな。あるのならその通りに出来るけど、もし思いつかないなら、こちらで当たり障りのない家名を決めてしまう事も可能だ。どうする？」

　クロードは少し考え込み、口を開く。

「そうですね……希望が通るなら、俺は『ブレイク』という家名にしたいです」

「ほお。どうして家名を『ブレイク』にしようと思ったのかね？」

「……『ブレイク』には『破る、打ち破る』という意味があります。ですから、この先どのような困難があっても打ち破っていくぞ、という思いを込めたんです」

「ふむ、なるほど。実に素晴らしい家名だ。よし……次は家紋《かもん》についてだが、何か希望はあるかね。全ての希望を叶えられるとは言えないが、出来るだけ意に沿ったものにしよう」

　クロードは紙とペンを手に取った。

「そうですね……色は白と黒で、双剣を交差させる感じで中心に置きたいです。四隅に白虎《びゃっこ》、フェニックス、ドラゴン、霊亀《れいき》を置けるとなお良いのですが、お願い出来ますか？」

「なるほど、なるほど……わかった。文官達と検討してみるよ」

オーグストはクロードが家紋を下書きした紙をしまい、懐から地図を出して机の上に置く。

「では、次にこれからクロード君に治めてもらう領地の話をしよう」

　オーグストは地図の上の方にある「ミーガン」を指差してから、その隣にある広大な土地に指先をスライドさせた。

「現在は王家の直轄領《ちょっかつりょう》なのだが……ここの領地を君に任せたい」

　一度言葉を区切り、オーグストはさらに続けた。

「この土地は辺境だ。領地には強力なモンスターが出現する森もあるが、土地は豊かで作物もよく育つ。隣の領がミーガン領だから、ベロニカ殿の婿《むこ》となる君にとっては悪い立地じゃないはずだ」

　そう言いつつ、オーグストは土地の資料をいくつか机の上に並べた。それをクロードに見せながら、説明を再開する。

「君のクランハウスがある迷宮都市ネックとは、真逆の方角だ。大分遠くなってしまうが、君達には転移魔法があるだろう？　我々としては距離についてをあまり考えずに決めてしまったが……大丈夫だろうか」

　クロードは机に並べられた土地の資料を隅から隅まで確認し……

「そうですね。距離については全く問題ありませんし、任せていただく土地についてもとても豊かな土地で文句がありません……わかりました。謹んでこの土地を拝領いたします。辺境ではありますが、隣のミーガン領やこの王都にも負けないくらい立派な領地にしてみせます」

　クロードがオーグストと拝領する領地の事などについて話を詰めていると、扉をノックする音が聞こえてきた。

　——コン、コン。

　応接室に入ってきたのは、少しやつれた顔をした国王と、らんらんと瞳を輝かせたルーチェ第二王女だった。

「待たせたな、クロードよ。処理しなければならない書類が溜まっていてな……ルーチェに急かされて大変だったわ。オーグストとの話はどこまで終わった？」

「クロード殿の希望を聞いて家名を決定し、また家紋の希望をお聞きしました。先程、領地の説明を終えたところです。丁度姫様もおられる事ですし、このまま結婚式の大まかな流れなどを決めてしまいましょうか。その他の細々とした説明は、他のお仲間がいる時にすればよろしいでしょう」

　こうして、オーグスト宰相とクロードの話し合いに国王とルーチェが加わった。

　クロード達の結婚式について話し合った結果、結婚式の日取りはルーチェが十五歳になる一年後に決まった。

　式場は、王都にある七神教の教会となるそうだ。

　国王曰く、その頃までにクロードの爵位を伯爵からさらに上げるつもりらしい。

クロードは今回の件に加えて、さらにいくつか難易度の高い仕事を押し付けられる事になりそうだ。

話し合いを終えたクロードは、ルーチェから彼女の自室に招かれた。

そして優雅なティータイムを――デートを楽しむのだった。

＊＊＊

時はクロードが王城に呼び出された日の朝まで遡《さかのぼ》る。

「マスター、私達は一度、ネックのクランハウスに戻りますね。何か依頼が来ているかもしれませんし、もし来ていたら放置するわけにはいきませんからね」

「ああ、そっちの事は任せるよ。ミレイによろしく言っといて」

「わかりました。こちらこそ国王陛下とルーチェ様によろしくお伝えください」

ナビーはこれから国王に呼び出されて王城に向かうクロード、用事があるベロニカ、屋敷に残るレイアと五つ子狼達やルシファー達召喚組と別れ、残りのクランメンバーを連れて王都の屋敷を出る。

そして転移門を使い、迷宮都市ネックに向かった。

ネックのクランハウスに戻ってきたナビー達。

彼女達はミレイが管理している『守護者の集い』の依頼受付出張所に行くため、再度転移門を使った。

出張所に着くと、そこには大量の依頼書を整理しているミレイと天使族達の姿があった。

「!?　ミレイ、どうしたのよその依頼書の山……私達のクランってまだFランクよね？　いくらなんでもこんなに依頼が来るなんて……」

あまりの依頼書の多さにアイリがミレイに尋ねる。

すると、書類と睨めっこしていたミレイが顔を上げた。

「あっ、みんな、やっと帰ってきた!!　……この依頼に今直ぐ行ってきて！！！」

ミレイは依頼書の束の中から何枚かを引き抜き、アイリに強引に渡す。

アイリは依頼書に目を通す。

「え？　ちょ、ちょっと、ミレイ。なんでうちにAランクの依頼が来ているのよ!?　うちのクランってまだ発足したばかりなのに」

「そうね、普通じゃありえないわ。Aランクの依頼書は今渡したその数枚だけだけど、依頼はもっと多いわよ。BランクやCランクのものも続々と舞い込んできているわ。ギルド経由じゃなくて、うちに直接ね」

「はあ!?　なんでそんなに!?」

「その理由は……これよ!!」

ミレイは壁に飾られている一枚の書類を指差す。

額縁に入っているその書類は、なんとFランククラン『守護者の集い』をAランククランに昇格させる許可書だった。

「……え、ええええ!!　これって私達のクランがAランククランになったって事よね？　そんな事って……」

アイリは目を疑い、全力で自分の頬をつねる。

「……痛い。夢じゃないんだわ」

「というわけだから、悠長にしている暇はないのよ」

ミレイはそう言うと、アイリに渡していた依頼書をひったくった。

ナビーとケイトの二人に一枚、アイリとマルティ、マールの三人にもう一枚の依頼書を渡す。

依頼書を確認したケイトが呟く。

「『雷虎《らいこ》の討伐』か。なるほど……行商人や旅人達が使う街道に出没するようになったとあっては対処を急いだ方が良さそうだ」

「こっちの依頼も急いで対応した方が良いみたいね。ネックの街の近くにある湖に、デビルサーペントが棲み着いてしまったんですって。あそこはネックの近辺で唯一魚介類を確保出来る湖《みずうみ》よ。早いところ始末しないと、仕事にならない漁師《りょうし》もいそうね」

アイリの言葉に、ミレイは大きく頷いた。

「はい。どちらも早急に対処する必要がある依頼です……というわけなので、よろしくお願いしますね」

「「「「わかった（のじゃ）」」」」

五人はそう言うと、各自の依頼の場所に足早に向かっていった。

＊＊＊

ネックの中心街にあるクラン『守護者の集い』の出張所を出たナビーとケイトは、雷虎が出没するという街道へ向かった。

「ここが、雷虎が目撃された場所ですね」

雷虎の目撃現場に到着したナビー達は手分けして辺りを見回ったものの、雷虎の姿は見当たらない。

「あちらの森の中も探してみましょうか。雷虎はAランク上位のモンスターですから、縄張《なわば》りはそこら辺のモンスターなんかより広いはずです。もしかしたらこの街道沿いの草原だけじゃないかもしれません」

「そうだな。一応調べた方が良いだろう。もしもナビーの言う通りだったとしたら……あの森はFランクからDランクまでの初心者の冒険者がよく入る森らしいからな。彼らが被害に遭ってしまう恐れがある」

念のため、二人は森の中も索敵する事にした。

森の中を索敵し始めて小一時間が経った頃——バリバリと電気が爆《は》ぜる音を響かせながら、森の奥の茂みから体長四メートル近い雷虎が姿を現した。

「どうやらナビーの考えは当たっていたようだな……それにしても、この雷虎は少し大きくないか？」

「ええ、通常の個体よりも二回り程大きいですね。突然変異した個体でしょうか……ケイトさん。この雷虎はAランクではありません。明らかにSランク相当の力を感じます。気を付けていきましょう」

「……ああ」

ナビーとケイトは瞬時に自らの武器、風竜の双牙と魔剣グラムを抜き放ち、雷虎に向けて構える。

自身に刃を向ける二人に対し、雷虎はただ静かに見つめるだけで何もしてこない。

「……おかしいですね。こちらに対する敵意や殺意を少しも感じません」

「ああ。私もいつも戦っているモンスター達とは何か違う感じがする」

ナビーとケイトは様子のおかしい雷虎に困惑する。

二人が戸惑っていると、雷虎がノシノシとこちらに近づいてきた。

「な⁉　なんだ」

雷虎を警戒して剣を向けようとするケイトだが、ナビーがそれを止める。

「大丈夫ですよ、ケイトさん。この子にはこちらに対して危害を加える気がないみたいです。安心してください」

「そ、そうなのか」

ケイトがそう返すと、その言葉に答えるようにして雷虎が「にゃ～」と鳴き声を上げた。

そして、ナビーとケイトに自身の体を擦りつける。パチパチとした電気に触れ、ケイトは体が痺《しび》れるのを感じた。

「……ナビー。これは大丈夫なのか」

「ええ、大丈夫です」

ナビーとケイトが雷虎と出会ってから数分後、雷虎はすっかり二人に懐《なつ》いていた。

「まさか、剣聖である私がモンスターと仲良くなるとはな……」

「何言っているんですか。ケイトさんは既にモンスターであるレイアや五つ子狼達と仲良しでしょう？　それに、マールさんとも家族になっているんです。そんなの今更ですよ」

「……確かに。その通りだな」

ケイトは雷虎の背を優しく撫でた。

しばらく二人で雷虎を撫でていると、急に雷虎が立ち上がって森の奥へ歩き始めた。

「いったいどうしたのでしょうか」

ナビーがケイトと様子を窺っていると、雷虎は足を止めて後ろを振り向き、「ついてこい」という仕草をする。

「どうやら私達を連れていきたい場所があるようですね」

「ああ」

ナビーとケイトは雷虎の誘いに乗る事にした。

雷虎に従って森の奥へ進む事数十分、洞窟《どうくつ》が見えてきた。

雷虎はそのまま進み、洞窟の中へ入っていく。

「ここに何かがあるのか？」

ケイトの疑問に答える者はいない。とにかく進んでみるしかないと思い、二人は決意して洞窟の中に入った。

洞窟の奥へ進んでいくと、先程までナビー達と一緒にいた雷虎、そしてそれより二回り以上も小さい小柄な雷虎がいた。

小さな雷虎は見るからにぐったりとしており、体調が良くない事が一目でわかる。

ナビーとケイトがそばに寄って、小さい雷虎——おそらく幼体だろう——の様子を見ようとした時、急に大きい雷虎が立ち上がった。

ナビー達に……正確に言えばその後ろに向かって唸り始める。

ナビーとケイトはいったい何事かと洞窟の入り口を確認しに行くと、洞窟の入り口を塞《ふさ》ぐようにして何か巨大な物が横たわっていた。

「なんだ、これは!?」

ケイトは不用意にそれに近づこうとする。

「待ってください、ケイトさん！　それに近づいてはいけません!!」

ナビーの制止によって、ケイトはなんとかその場に留まった。

「どうしたんだ。ナビー？　そんなに慌てて……まさか、あれは危険なモンスターなのか!?」

「はい。その通りです。先程、あの雷虎を撫でながら色々と確認していたのですが……おそらく、あの雷虎は上位種である紫電虎《しでんこ》です。そしてこの具合が悪そうな雷虎はその子供でしょう。子がこうも手痛くやられてしまった、子を守り切れなかったという事は、その相手はあの紫電虎と同じSランクのモンスターか、それ以上の強者である可能性があります。不用意に近づいてはいけません」

　紫電虎が入り口を警戒し始めた理由は、そこにいる存在が子を傷付けた仇《かたき》であるからに他ならない。

「なるほど、そういう事か。ナビー、助かったよ。流石にSランクか、それ以上が相手となると無警戒に近づくべきではなかったな」

「ええ。ちゃんと準備して挑みましょう。私が支援魔法をかけますので、左右から挟み撃ちにするのはどうでしょうか？」

「いいな。その作戦でいこう」

　ナビーは自分とケイトに速度上昇、筋力上昇、体力上昇、そして身体能力超上昇の支援魔法をかけて、走り出した。

　洞窟から飛び出し、入り口を塞ぐようにしていた巨大な何かの正体を確かめてみる。

それは体長が十五メートル程もあるデスデビルサーペントだった。デスデビルサーペントは獲物を探し、不気味な瞳をギョロギョロと動かす。

「なるほどな……これは紛れもないＳＳランクのモンスターだ。紫電虎では後れを取った事だろう」

「はい。それでは私達で仕留めてしまいましょう」

「ああ」

ケイトとナビーは二手に分かれると、デスデビルサーペントを左右から挟み込むように回り込んだ。そして、硬そうな鱗で覆われた胴に、それぞれの得物……魔剣グラムと風竜の双牙を叩き込む。

魔剣グラムと風竜の双牙が当たった部分の鱗が粉々に飛び散った。

しかし、デスデビルサーペントは意に介する事なく首を傾げるばかりだ。じっとナビー達を見やる。

「なんであんな平然としていられるんだ!?　鱗が砕けて内側が剥き出しになっているというのに。いったいどういう事なんだ」

ケイトは困惑しながら自分が砕《くだ》いた鱗を見た。ところが、既にその傷は癒《い》え始めており、砕いたはずの鱗までもが再生しているではないか。

「ただの斬撃は通じないか」

ケイトは『念話』でデスデビルサーペントを挟んで向かい側にいるナビーに連絡を取った。

『どうしましたか。ケイトさん』

『私が削ったデスデビルサーペントの鱗が既に治りかけているんだ。そちらはどうなっている？』

『ケイトさんもお察しかと思いますが……もう治ってしまいました。どうやら、通常の攻撃では致《ち》命傷《めいしょう》を与えられないようですね』

『……より威力が強い攻撃を両側から叩き込んでみるか』

『今のところ対処法はそれしかなさそうですね』

二人は『念話』を切り、デスデビルサーペントから距離を取った。それぞれスキルを発動する。

「魔剣術一の太刀『断竜《だんりゅう》破斬《はざん》』」

「武聖流双剣術二の太刀『双頭竜突《そうとうりゅうとつ》』」

二人の放った一撃は再びデスデビルサーペントの頑丈な鱗を貫き、砕き、破壊すると、それにとどまらず内側の肉体をも切り裂いた。

今回の攻撃は相当効いたらしく、デスデビルサーペントは体を跳ねさせてのたうち回る。そして鬼のような形相でナビーとケイトを睨みつけた。

二人は鱗が剝《は》がれ剝《む》き出しになった胴に再度攻撃を仕掛け、デスデビルサーペントを怯《ひる》ませる。

『ここが攻め時です。一気に畳みかけましょう』

『わかった』

ナビーとケイトはデスデビルサーペントが怯んだ隙を見逃さなかった。

ナビーは風竜の双牙を腰の鞘《さや》に納めると、拳に魔力を纏わせデスデビルサーペントの剥き出しの胴を殴りつける。

「これで最後です。武聖流一の型『魔道聖拳《まどうせいけん》』」

「……魔剣術二の太刀『紫電一閃《しでんいっせん》』」

二人の放った渾身の攻撃は、デスデビルサーペントの胴を切断して消滅させた。

あとに残ったのは、人の胴体程の大きさの紫色の魔石だけであった。

＊＊＊

クロードが王城へ、ナビー達がネックの出張所に向かっていた頃――

ベロニカは両親、兄と一緒にかつて住んでいた屋敷――王都のミーガン子爵邸に向かった。

借金の返済のために売り払われてしまった屋敷は、国王の手配で取り戻され、再びミーガン子爵家の所有となった。

もう何年も人が住んでいなかったはずの屋敷はあまり傷《いた》んでいなかった。埃さえ落ちていない綺麗な状態が保《たも》たれている。

ミーガン家の者達は屋敷の中に入り、思い出を振り返るかのように全ての部屋を一つ一つ丁寧に見て回った。

「あっ、ベロニカ。見てみろよ。ここの柱のところ……ほら、いくつか線が引いてあるだろう？これ、俺達が背を比べた跡だよ……懐かしいな」

「……」

ベロニカが兄に呼ばれて行ってみると、兄から昔の思い出話をされた。身長で兄に負けた事が悔しくて泣いてしまった、苦い思い出がよみがえる。

その後も、思い思いにミーガン子爵邸で過ごした一行。

やがて夕食時になった。

ベロニカは屋敷に残って食事をする家族と別れ、一人で自分のもう一つの家族がいる場所……クロードの屋敷へ帰るのだった。

＊＊＊

一方でレイアと五つ子狼達は、ナビー達より少し遅れてネックにやって来ていた。

大してする事もないので、レイアは子供達と穏やかな一時《ひととき》を過ごす。

クランハウスの中でゆっくりしていると、子供達がもぞもぞと動き出し、「庭へ行きたい」と駄々《だだ》をこね始めた。

『しょうがないわね。勝手にどこかに行ってはダメよ』

レイアはクランハウスの裏口を開け、子供達と外に出た。

外に出た五つ子狼達は、早速広い庭でかけっこをしたり、じゃれ合ったりと思い思いに遊び始める。

およそ一時間が経った頃——動き回りすぎたのか、子供達がみんなウトウトと睡魔《すいま》に襲われ出した。

『そろそろお昼寝の時間にしましょう。クランハウスの中に戻るわよ』

『『『は～い』』』

レイアの号令でクフンハウスの中に帰っていく子供達。

狼達の休暇《きゅうか》は、まったりと過ぎていった。

＊＊＊

王都の屋敷に残ったルシファーとミカエル、シャリナの召喚組は、クロードに「今日は休暇で良いよ」と暇を与えられ、何をしたものかと三者三様に悩んでいた。

その時だった。

偶然か必然か、ほとんど三人同時に配下の者から連絡が入ったのだ。

『いったいどうした？』

ルシファーが尋ねる。

それに対して、配下の者が返事をした。

『それが、一部の者達が他勢力に戦争を仕掛けようとしているのです』

『そのような事、お前達でどうにかしろ』

『そうしたいのは山々なのですが――』

ルシファーが事情を聞く隣で、シャリナは驚きの声を上げる。

『……えっ？　それ本当に言ってるの？』

『はい……大変申し上げにくいのですが、発起人が全員亜神クラスの方達なのです』

そのそばで、部下から全く同じ報告を聞かされたミカエルがため息をついた。

『……あいつら、いったい何をしているのかしら？』

三人は同時に、『念話』を切った。

「すまないが急用が入ってしまった。少し留守にする」

そう言うルシファーを見て、ミカエルが意外そうな顔をする。

「あら、あなたもなの。私も急用が入っちゃったわ」

「あ、僕もちょっと出かけてくるよ」

三人はトラブルを片付けるべくどこかへ『転移』していった。

＊＊＊

クランハウスから魔界へ『転移』したルシファーは、先程連絡を寄こしてきた配下の者が待つ自分の城へ向かった。

「いったいどうなっているんだ⁉　おい、今わかっている限りの情報を直ぐに教えろ」

「は、はい。手に入れた情報によりますと、魔界から天界と精霊界に戦争を仕掛けようとしているのは、亜神級悪魔……サタン様、ベリアル様、ベルゼブブ様です。どうやら天界と精霊界の亜神級天使と亜神級精霊も同様の事を考えているらしく、三界が慌ただしく……どこも勢力を広げるべく、躍起《やっき》になっておられるようです」

「はあ～、参ったな。ミカエルとシャリナが去っていったのも、これが原因だろう……もし悪魔族の不始末が主様のお耳に入り、私の評価が下がったらと思うと背筋が凍るな。よし、ただちに亜神級悪魔サタン、ベリアル、ベルゼブブの粛清《しゅくせい》に向かう。準備をしろ」

「はっ」

ルシファーは配下の悪魔に支度をさせ、三人の亜神級悪魔がいるという廃城《はいじょう》へ向かった。

廃城に到着すると、城のあちらこちらで戦《いくさ》の準備をしているのか、悪魔達の忙しない足音が聞こえてきた。

ルシファーは予想以上に戦の準備が進んでいる現実に焦りを覚え、足早にサタン達三人の気配を辿っていく。

そして、物陰から様子を窺った。

ベリアルは上機嫌で言う。

「ははは、ルシファーがいない今が絶好の機会だ。我々に意見出来る者はこの魔界に誰もいない。今こそ我らの悲願を叶える時である」

「うむ、誠にその通りであるな。ルシファーのもとでは戦争がしづらい。何やら人間を主に戴いて働いているようだが……いなくなってくれて清々するわ」

笑みを浮かべるベルゼブブを見て、ルシファーは唇を噛んだ。

（クソ。好き勝手言いおって。今直ぐに粛清してやろう）

ルシファーは三人の悪魔に気付かれないように慎重に背後を取った。

そして、両手に持った短剣で三人の首を一気に掻っ切った。

血しぶきを上げながら、サタンが目を見開く。

「う!?　ル、ルシファー!?　俺様の首が……ま、魔力が！　溜め込んだ俺様の魔力が漏れていく……！」

「良いか、この世は弱肉強食、強き者が生き残っていく世界だ。お前達が負けたのは、弱いくせに増長したからだ。欲をかくとつけを払わされる事になる。よ～く覚えておけ。お前達が元の力を取り戻すまでの長い長～い時間の中でなぁ」

ルシファーはそれだけ言うと廃城を出て、自分の城に戻った。


「やれやれ。せっかくだしこっちの仕事を片付けるとしよう」

その日、城に帰ったルシファーは、溜まっている書類を始末するのに余暇《よか》の全てを使ったのだった。

＊＊＊

ルシファーが自分の城で配下の者から事情を聞いていた頃、天界でも全く同じ事が起こっていた。

「はあ～……話を聞いた時はまさかと思ったけれど、本当にサミエルが魔界、精霊界に戦を仕掛けようとした首謀者《しゅぼうしゃ》だったとはね。呆れ果てて言葉も出ないわよ。さっさと捕まえて、とりあえず牢獄にでも幽閉して頭を冷《ひ》やしてもらいましょうか」

サミエルはミカエルの義弟《ぎてい》だ。

昔からいたずらが好きで、ミカエルはよく困らされていた。

ミカエルは神殿を出て、サミエルを捕まえるべく天界の五層……天の楽園へ向かった。

（サミエルはよく天の楽園で他の天使にちょっかいを出しているわ。今ならまだいるはず）

天の楽園でサミエルを捜索する事数分、案の定、ミカエルは草原で寝そべっているサミエルを見つけた。

「いたわね、サミエル。今度という今度は絶対に許さないわよ。せっかく主様からお休みをいただいて何をしようか悩んでいたのに。あなたのせいで悩む暇さえなくなったじゃない」

「何を言っているんだよ、ミカエル姉さん。人間の事なんてどうでも――」

「黙らっしゃい!!」

ミカエルは問答無用でサミエルを引っ掴み、牢獄へ『転移』させてしまった。

事が終わり、クランハウスへ戻ろうとしたミカエルだったが……配下の天使に捕まってしまう。

そして、溜まりに溜まっている重要書類の処理をやらされる羽目《はめ》になるのだった。

＊＊＊

同時刻の精霊界。

「僕が精霊界に着く前に全部終わらせちゃうなんてひどいな〜。まさか配下の精霊達が一丸となって、反乱分子をぼっこぼこにしちゃうなんてね……それなりに格が高い相手だったのに、僕が着いた頃には最底辺の下級精霊になっていたし。クロード様のお屋敷でのんびりしていれば良かった」

シャリナが無駄足になった事を残念そうにぼやく。

そんな彼女を慰めるように、一陣の風が吹き抜けていった。

いずれ最強の錬金術師？
SOMEDAY WILL I BE THE GREATEST ALCHEMIST?
1~16
小狐丸
KOGITSUNEMARU
シリーズ累計(電子含む)100万部突破!
2025年1月ついに
TVアニメ化!!
コミックス
1～7巻
好評発売中!
いずれ最強の錬金術師？
小狐丸
地味～な生産職志望の僕に付与されたのは、
聖剣から空飛ぶ船まで、何でも造れる
最強スキル
錬金術!!
第10回アルファポリスファンタジー小説大賞
読者賞受賞作
アルファポリス人気ランキング
圧倒的第1位
……僕、のんびり暮らしたいだけなんだけど
1～16巻
好評発売中!
勇者召喚に巻き込まれ、異世界に転生した僕、タクミ。不憫な僕を哀れんで、女神様が特別なスキルをくれることになったので、地味な生産系スキルをお願いした。そして与えられたのは、錬金術という珍しいスキル。まだよくわからないけど、このスキル、すごい可能性を秘めていそう……!? 最強錬金術師を目指す僕の旅が、いま始まる!
いずれ最強の錬金術師？
1
原作 小狐丸
漫画 ささかまたろう
最強の生産スキル
錬金術発動
10万部突破!
大人気ファンタジー、待望のコミカライズ第1弾!
●16巻 定価:1430円(10%税込)
1~15巻 各定価:1320円(10%税込)
●Illustration:人米
●7巻 定価:770円(10%税込)
1~6巻 各定価:748円(10%税込)
●漫画:ささかまたろう　B6判

月が導く異世界道中
Tsukiga Michibiku Isekai Dochu
あずみ圭
Azumi Kei
1~20
8.5
シリーズ累計 420万部の超人気作!
(電子含む)
TVアニメ第3期
制作決定!!
1~20巻
好評
発売中!!
コミックス
1~14巻
好評発売中
illustration:マツモトミツアキ
異世界へと召喚された平凡な高校生、深澄真。彼は女神に「顔が不細工」と罵られ、問答無用で最果ての荒野に飛ばされてしまう。人の温もりを求めて彷徨う真だが、仲間になった美女達は、元竜と元蜘蛛!?とことん不運、されどチートな真の異世界珍道中が始まった!
▶3期までに◀
原作シリーズもチェック!
20巻 定価:1430円(10%税込)
1~19巻 各定価:1320円(10%税込)
14巻 定価:770円(10%税込)
1~13巻 各定価:748円(10%税込
月が導く異世界道中
あずみ圭
成り上がりファンタジー、開幕!
なんでだろう 親の都合で異世界へ
読者賞受賞作!
待望の書籍化!
月が導く異世界道中 1
あずみ圭
木野コトラ
シリーズ累計 29万部
とことん不運、されどチート!!

この作品に対する皆様のご意見・ご感想をお待ちしております。
おハガキ・お手紙は以下の宛先にお送りください。

【宛先】
〒150-6019 東京都渋谷区恵比寿4-20-3 恵比寿ｶﾞｰﾃﾞﾝﾌﾟﾚｲｽﾀﾜｰ 19F
（株）アルファポリス　書籍感想係

メールフォームでのご意見・ご感想は右のＱＲコードから、
あるいは以下のワードで検索をかけてください。

アルファポリス　書籍の感想　検索

ご感想はこちらから

本書はWebサイト「アルファポリス」（https://www.alphapolis.co.jp/）に投稿されたものを、改稿、加筆のうえ、書籍化したものです。

見捨《みす》てられた万能者《ばんのうしゃ》は、やがてどん底《ぞこ》から成《な》り上《あ》がる３

グリゴリ

2024年7月30日初版発行

編集－勝又琴音・今井太一・宮田可南子
編集長－太田鉄平
発行者－梶本雄介
発行所－株式会社アルファポリス
〒150-6019 東京都渋谷区恵比寿4-20-3 恵比寿ｶﾞｰﾃﾞﾝﾌﾟﾚｲｽﾀﾜｰ19F
TEL 03-6277-1601（営業）　03-6277-1602（編集）
URL https://www.alphapolis.co.jp/
発売元－株式会社星雲社（共同出版社・流通責任出版社）
〒112-0005 東京都文京区水道1-3-30
TEL 03-3868-3275
装丁・本文イラスト－山椒魚
装丁デザイン－AFTERGLOW
印刷－中央精版印刷株式会社

価格はカバーに表示されてあります。
落丁乱丁の場合はアルファポリスまでご連絡ください。
送料は小社負担でお取り替えします。

ISBN978-4-434-34195-3 C0093